OCEAN

TAIWAN'S Ocean Literature

台灣海洋文學作家

廖鴻基

OCEAN
TAIWAN'S Ocean Literature

台灣海洋文學作家
廖鴻基

站在漂流海面上的監獄，與海、魚、鯨展開對話。

漂流監獄

Floating Prison

廖鴻基◎著

晨星出版

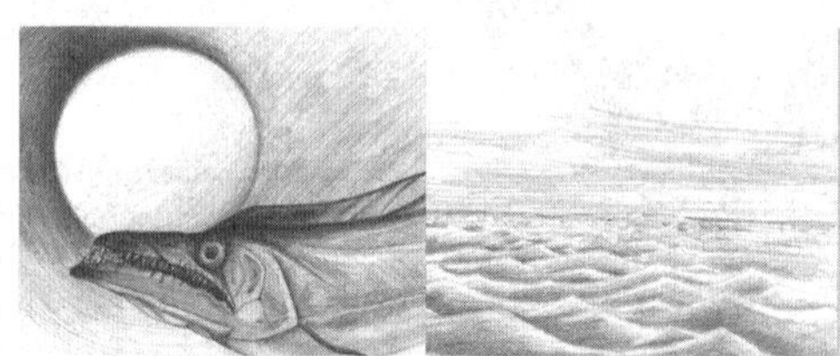

CONTENTS

漂流監獄

Floating Prison

站在漂流海面上的監獄，與海、魚、鯨展開對話。

卷四・海洋鯨靈

附錄

【再版序】漂流監獄

《漂流監獄》這本書，是繼《討海人》、《鯨生鯨世》後，我的第三本海洋文學創作。

這三本作品中，《鯨生鯨世》寫的是鯨豚主題，主要是記錄一九九六年夏天執行的一起海上鯨豚調查計畫。《漂流監獄》書中，雖然卷四「海洋鯨靈」提及鯨豚，但篇幅比例不大，這本書算是繼第一本海上作品《討海人》之後，以漁撈為主題的書寫。

比起《討海人》的大塊頭且陽剛、陽光式的漁撈文章，《漂流監獄》

更進一步的將漁港、漁船等漁人生活空間做了細膩描述，也就是將《討海人》的舞台以及舞台上的漁人生活做了更翔實的描繪。

除此之外，本書最特別的是其中收錄以篇名為書名的〈漂流監獄〉這篇小說。無論是將一篇小說放在散文集中出版，或是以「漂流監獄」這個詞為書名，都讓人覺得幾分奇特。

海上工作許多年後，深刻感受到「漂流」和「監獄」這兩個意象原本矛盾的詞，如此無縫的統合在一艘航行中的漁船上。

漁人踏上甲板，船隻離開碼頭，從此，漁人腳步將被限制在如監獄般狹窄的舷內有限空間；同時，這艘船又自在漂流，可能帶著漁人到達任何一處海水拍得到的岸。

這開放而受限的對立意象常讓我想到，「身體這艘船，將載著我們航行通過這一輩子。」

身體是一只容器，如同漁船，每個人一輩子其實都在航行途中。也讓我體悟到，生命和軀體組合成無可避免的生命矛盾本質。

有次航行途中，遇見舷邊滑過一只小簍筐，那時我恰好站在船隻塔台，居高臨下，清楚看見這只簍筐裡關著一條魚。簍筐裡空間有限，對比外頭無垠大海，我開始想像，這條魚到底怎麼進入這只簍筐的？牠是主動的（像我一樣主動登上漁船成為漁夫），或某種因緣際會讓牠進入這只容器而受困其中？是選擇的後果，或是不得不的宿命？

覺得有趣，原本想藉此念頭寫一篇輕鬆的童話寓言故事，關於這條魚如何進來，和如何擺脫這只容器等等。

大概是生命經驗裡的波折困頓受到召喚吧，越寫越沉重……沒想到直接就叩住了生命無可避免的矛盾本質……生命根本是一場又一場的選擇，以及面對一場又一場選擇後不得不承受的後果。

看見那只漂流簍筐以及其中那條魚的時間點，恰好與那段日子時常在腦子裡盤旋的受困或自在漂流的想法疊合，因而寫成了〈漂流監獄〉這篇小說。

至於為何將一篇小說與多篇散文一起出版？我想，若生命無法排除命定的矛盾，何必給自己太多限制。

記得這本書出版時，有位喜愛文學的朋友看了後說：「總是這樣，越寫越內斂，越挖越深，讀者就越來越少。」我也想到，這也許就是文學價值中，漂流與監獄的矛盾宿命。

也記得某學期與班上學生一起閱讀《漂流監獄》這本書，大多數學生才開始閱讀，就被本書第一篇文章〈漂流物〉給震懾住。年輕學子們忙著問我：「是真的嗎？是真的嗎？」

我回答學生：「真假不是問題，個人以外，人世以外，陸地以外……無比開闊寬廣的世界，等著我們有限的生命一步步探觸。」

生命也許被身體給限制住了，但轉個念頭想，監獄不是一直都在無涯無垠的漂流嗎？

【推薦序】

海洋文章海上讀

劉富士

八月天。濱海小城東邊一家藝廊二樓的小演講廳。他拿著無線麥克風站在白色銀幕前，攙雜眾多色彩的強烈光束從我右前方擺放在椅上的幻燈機的鏡頭射向他，一隻黑白分明的虎鯨猛然躍上他的鼻樑。他眨眨眼，有些不好意思的將身體挪向後方的牆壁，然後，我和其他人都看到他站在銀幕的漁船上對著虎鯨招手歡呼。

這是廖鴻基，身上總是散發海洋氣味的廖鴻基。

他穿著乾淨的襯衫，用異於討海人粗啞音調的柔和聲音向坐在底下的

聽眾介紹尋鯨小組所拍攝的幻燈片。我和坐在身邊的絕大多數人都未曾有過搭乘漁船在海上邂逅鯨豚的體驗。於是，我隨著銀幕上跳動的畫面和廖鴻基帶有濤浪波動的聲音，不停在心裡慨嘆，然後感覺心靈深處湧出一股酸酸的嫉妒。

此時的廖鴻基已經卸下「討海人」的身分，他的手上、身上不再有〈魚血〉所描寫的那種「即使相隔三公尺外也會汩汩散逸的血腥味」。他依舊頂著烈日和風浪出海，但是，他改用紙筆和攝影機鏡頭去記錄鯨豚，而不是用餌鉤和魚網去捕魚。

也因此，當我讀完廖鴻基這本含括二十篇散文、小說的《漂流監獄》時，我彷彿又見到那個被驕陽曬掀一層皮，「每次手上沾過魚血」、「就會覺得指尖的觸覺變得特別敏銳」的海湧伯的海腳。

廖鴻基已經許久不曾出海捕魚了，但是，他依然在記憶裡用文字耕耘他的海洋家鄉。一如我們這些居住在岸上的人習於用流暢的文字記錄歷史，廖鴻基也用他通曉的討海人語言來書寫深邃的海洋，書寫討海人的生命史。《漂流監獄》是廖鴻基生命裡屬於討海人血脈湧動的記憶書寫。

也是一個太平洋海水終日滾燙沸騰的夏天。夜晚，不甚涼快的風大把大把吹入屋內，我和他盤腿坐在矮桌前喝酒。昏黃的燈泡低懸在他頭頂，他閃著油光的臉頰被陰影遮去一大半。我試著調整電扇的角度，以便讓我們都能享受到風吹的愉悅。他拿起杯子，喝一小口酒，紅著臉，然後開始向我講述在海上遇見水流屍的故事。我感覺酒精在我的血管裡奔流，像海浪般不停拍擊我脆弱的血管內壁。廖鴻基的〈漂流物〉和其他的海上奇遇，大大震撼我汗濕的背脊。我注視這個坐在我前面的男人，不禁想著：這個男人大概是退化的兩棲類吧！當他講起海上的種種，我只能猛灌酒。

大概吧，我們總是在距離太平洋咫尺的夜晚，就著酒興，暢談海洋、文字和一絲絲作為一個男人想要追求的生命價值。

又是夏天，我們得到一個大好機會可以搭乘漁船出海。那是我第一次感覺自己與廖鴻基的文字如此貼近。

我們在石梯港跳上一艘真真實實的漁船。一群不曾討過海的岸上人在漁船的各個角落尋找自以為會意的大海的氣息。漁船駛離港岸，我們因為興奮而頻頻向陸地揮手。不斷反射日球強光的海水逐漸拉大漁船和小漁村的距離。終於，海岸山脈靜悄悄垂在我們的眉毛底下。風浪平穩，我們手腳笨拙爬上鏢魚台。坐定之後，仍不忘用手緊緊扱住一處牢靠的角落。

離東北季風肆虐還有一段時間。我只能坐在鏢魚台上想像廖鴻基所描述的鏢旗魚的海洋爭鬥。

〈鏢頭〉裡的海湧伯說：「討海要有討海人的命。」即使廖鴻基已經踏上鏢頭，完成討海人的洗禮儀式，他源自海洋的命底恐怕不會因此而獲得平撫。我想，不管是面對海洋或融入海洋，廖鴻基自有他獨特的感受。

面對這個可以和海洋私語的男人，我突然想到，也許下次再有機會搭漁船出海，我應該帶著他的書。海洋文章海上讀，應該不錯吧！

OCEAN

TAIWAN'S Ocean Literature

卷一·

海洋故事

生命不能沒有深度，

只是浮在海面漂流。

OCEAN
TAIWAN'S Ocean Literature

漂流物

像田野一道雜草垛或灌木叢，列隊成蜿蜒帶狀循著波痕迤邐遠去，這是一道漂流物匯聚成的海上長城。船尖翻浪逼近，海湧伯操舵讓船隻沿著這道交界線前行。據老漁人經驗，這種疆界附近往往有掠食魚群徘徊。

草藤糾纏，漂流木枝椏突露猙獰，空瓶空罐、保麗龍、塑膠袋……船隻像傍依行走在一條荒頹髒亂的街道上。

漂流雜物顯然被海水俘虜、受潮水擺佈。交界線兩邊，潮水色澤分明、流向不同、波痕大小有別，像海洋的兩個不同生命體在這裡交接碰

觸。漂流物在這條交界線上拉鋸往返，推來擠去浮浮漾漾。

岸上看得到的垃圾幾乎這裡都有，較重的半浮半沉懸在水面下晃盪，較輕的半邊露出水面半邊沒在水裡。肥料袋、塑膠布……便當盒、紙尿褲、可樂瓶、果汁包……統一烏龍茶、味全柳橙汁……殘廢的無敵鐵金剛、色衰的芭比娃娃……籃球鞋、網球鞋、慢跑鞋……名牌雜牌，好貨爛貨，全都相擁一起在海上漂流。

海湧伯撐起眉頭說：「嘎在，海真闊。」

漂流得越久，漂流物的顏色越是清淡。海水像一湖漂白劑，不僅洗滌了附著在它們身上的黏膩油垢、骯髒污穢，也一點一滴解析掉它們在岸上曾經的繁華和光采，還漸次奪取了它們體內的魂，讓所有內在、外在的繽紛花采，都得退卻轉成無欲、空虛的蒼白。像寺廟道院在離析一個決心出世的肉體，落髮、袈裟、禮讚……一步步、一步步……一直到擷住了肉體最深沉的靈，然後才得被釋放、漂白，流浪於天地之外。

當紅塵落盡，漂流物上海藻進駐滋生，藤壺、茗荷介著根長成，小蟹小蝦攀附覓食。從失落、死亡、剝奪、退色……到蛻變成搭載無數生命生機盎然的列車，這是海洋對待撞進她懷裡的漂流物一貫的轉折和轉機。

一頭像是飛撲到海水裡即僵窒住的漂流狗屍，趴張著四肢，緩緩晃過船側；前方二、三十公尺，一圈直立漂浮的輪胎後，一頭腫脹的小豬，側翻蜷縮，如一具裸身嬰孩。

失去生命在海上漂流的任何動物屍體，模樣、遭遇幾近相同，毛髮脫落、腫脹、潰爛、被當做食物啃咬撕扯……腐敗的節奏沒有高低等階級區別。海洋要收容埋葬的只是潔白的骨骸，她讓屍體如一顆氣球浮上水面漂流……一邊漂流一邊腐爛……直到剩下乾淨的枯骨，才得被收容沉下海底。

三年前，鰹魚漁季開始不久，一連幾天我們都有不錯的收獲。那天午后，北風纖纖，陽光撞進積雲堆裡在雲縫間穿梭，陰晴不定。吃過午飯，船隻泛晃向西南漂流，遠遠一道色澤分明的海潮線漸漸靠近。

海湧伯眼尖，老遠的指向右舷外，像是自言自語的說：「啥米小？」

大約兩、三百公尺外，海上一坨灰黑在遠遠浪褶裡浮浮沉沉。

粗勇仔興致勃勃，一邊爬上塔台一邊喊叫：「好康欸！好康欸！駛過去看嘜。」

船隻偏鋒迴轉，加了馬力鏗鏘駛去。

粗勇仔兩眼瞪看不放，單手拍打船欄大喊：「憨仔鯊啦（鯨鮫）！」一下子又搖搖頭說：「欸，可能是鐵魚、鐵魚（翻車魚）咧……」

海湧伯嘆著氣不停的搖頭，像是在取笑粗勇仔的輕浮和不可挽救的樂觀。

五十公尺。「幹你娘咧，準準準，有影好康欸。」海湧伯罵了出來。引擎退離，船隻泊止。粗勇仔跳下塔台默默折回船艙裡，取出幾疊紙錢、一撮香，一臉陰沉，粗勇仔臉上失去了他慣常的笑容。天色陰轉，北風裡添了寒意。我知道碰上了什麼，連嚥了幾口口水。

船隻靠過去，十公尺距離，清清楚楚一具「水流屍」俯趴海面。臉龐朝下沒在水裡，背脊灰衫露在水面，四肢鬆開僵直，像大翅鯨攤展開頎長翅鰭、像海底放上來的一隻人形風箏，漂漂搖搖。是個老榮民模樣的水流屍。

船隻沒有稍停，緩緩繞著水流屍盤轉。焚香，粗勇仔將紙錢紛飛撒向水裡。海湧伯喊粗勇仔：「按怎『嗆』知否？」粗勇仔僵硬的點了點頭。一圈、兩圈，船隻盤繞……粗勇仔朗朗「嗆」出聲：「阮順風六號，佇海上討生活，今日有緣相睹……帶你轉去見親人……給阮豐收！給阮平安！」我站在粗勇仔身側，聽得清楚，他口吻半帶凶氣，像是在和漂流屍談判、在命令漂流屍。海湧伯在駕駛艙裡讓船隻轉完三圈後，泊在漂流屍身邊。

「生命離開軀體，就是一副臭皮囊，如狗、如豬，如一隻螻蟻草蜢。沒有驚惶……沒有害怕……」像在唸咒語，我反覆在心裡叨唸，安慰自己，武裝自己。但溫度顯然失調，氣氛不對，一股涼颼颼寒氣在腳底糾纏，幾次挪移腳步，還是免不了僵硬、顫抖。

海湧伯操船，讓船尾貼靠這具漂流屍。粗勇仔扯一條粗纜垂下水裡，叫我用長鉤桿從屍體另一側鉤拉繩頭。打個繩結，屍體配住，繩索催緊。漂流屍打嗝似的，在水裡冒出一串串水泡。我聞到那個味道，比臭魚更臭的味道。

「噁……」長長一聲，差點把午餐嘔出來。

屍體稍稍離水，手掌腳趾全都坑洞糜爛，骨頭隱隱露出，像痲瘋病患潰爛就要脫落滴下的四肢。

「噁……噁……」又是一陣乾嘔。淚水懸在眼眶。

海湧伯過來幫忙，那非得三個人合力才拉得上來。我一邊拉一邊擔心，繩索是否會像切豆腐般攔腰截斷已經腐爛的屍體。我不敢再看舷外，別過頭只顧使勁拉繩。

相當沉重吃力，比我拉過的任何一條大魚都重。

繩頭繃緊，無法再拉前一吋一釐。憋氣回頭。我看到了可能一輩子也無法忘懷的一幕——屍體拉靠卡在船尾板上，臉朝內，胸膛斜靠在船尾板，單隻手臂晃進來，另隻手還在船外，像急躁掙扎著要爬到船上的溺水者。臉上彷彿有著某種表情。前額頭皮剝落，後腦一撮灰髮連在爛成綿絮樣的頭皮上；眼窟森森，滴流出潺潺水簾，沒有眼珠子，沒有鼻尖，牙齒牙齦全排露出，臉頰腫脹得像一團丟在水裡正在溶化的肉糜……那簡直就是一張破碎扭曲魔鬼樣的臉龐，沒有任何一齣恐怖電影彷得出這樣的驚悚，再也沒有任何氣味比擬得出我閉緊氣仍源源刺進胸腔的臭。

「噁……噁……噁……」我抛掉繩索衝向舷邊嘔吐，不停的嘔吐。

海湧伯叫粗勇仔拿條毛毯蓋住屍體。走過來拍打我的後腦勺：「噁啥小。」

漁船碰到漂流屍，一定得拉上來載回去，不能閃、不能躲，那是無上權威紀律樣的習俗。拉上船之前，有些既定的儀式。對討海人來說，最重要的是「嗆」這個儀式，那是祭告死者並且有威嚇死者的雙層意思。據說，這樣子才能避邪及得到好處。

那個漁季我們魚獲奇差，有好幾個航次一條魚也沒捕到。漁季結束前的一次回航途中，海湧伯想起什麼似的突然問粗勇仔：「奇怪咧，那一次你到底『嗆』了什麼？」

粗勇仔大概也正在想這件事，馬上接著回答：「有啊，有啊，不相信我『嗆』一遍給你聽。」

一字不漏的，粗勇仔如實「嗆」了一遍，語調仍然粗粗惡惡。

「幹你娘咧！」海湧伯一巴掌摑在粗勇仔腦袋上：「原來如此，幹你娘咧。」

粗勇仔摸著腦勺，一臉迷惘。

「你『嗆』那些，鬼聽有？你要講國……語，『嗆』台語外省噉聽有？」海湧伯半國語半台語，彆彆扭扭了半天，好不容易講明白他認為的道理。

粗勇仔懷疑的搔著頭，好一陣子後，才勉強像是體會的點了點頭。

後來，遇見過一具側躺半浮像一座孤島的死鯨，肚子被啃撕了一個大洞，腸子拖了幾百公尺遠……也看見過一隻翻覆如「腳桶」的大海龜，頭腳都鬆弛露出，不再縮頭縮腳。

船隻沿著漂流物界線繼續前進，船尾一條鰭魚中鉤翻跳。

「啊，啊！」粗勇仔喊了，手臂指在船前。前頭十公尺左右，一根粗壯的漂流木後面，一具水流屍側浮著。

長髮散漂水裡，衣褲仍然鮮艷。可能落水漂流不久。

有了三年前的那次經驗，這回篤定多了。況且看起來還沒腐敗發臭。

船隻圈轉、燃香、撒紙、「嗆」，粗勇仔這次更仔細了。繩索配住，三個人忙了一陣子，不曉得為什麼，繩索老是滑脫。有一次甚至已經將漂流屍拉提到船緣，又讓她像泥鰍般滑溜下去。海湧伯狠狠瞪了粗勇仔一眼。

粗勇仔慌忙解釋說：「有啊，有啊，國語、台語攏『嗆』了一遍，應該有聽到。」

海湧伯叫粗勇仔回去船艙多拿些紙錢。海湧伯親手撒了，用他慣常罵人的口氣說：「幹，帶妳回去見親人，扳卡好咧！」

繩索再度扯緊，原來懶懶伸在長髮兩側懸盪的手臂，像是聽懂了海湧伯的命令，緩緩內彎，扳住繩索。

我們都看到了，清清楚楚看到她挪動手臂握緊繩索。

我們三個互看了一陣子，沒人講話。拉也不是，不拉也不是，這樣僵持著更不是。

最後，海湧伯狠狠豁出去的說：「幹！拉啦！」

一拉一提，繩底意外的輕。不超過一分鐘，她已好端端被拉躺在後甲板上。兩手還挺挺握著胸前繩索。

急急掉頭回港。一路上，她那雙抓繩的手像是緊緊攀抓在我的胸口。

漂流物交界線漸漸遠去，海水泛晃漂動。漂流物將跟著潮水，在無際海上永不止息的漂泊。

漂流監獄

鰹魚阿提被捕了。

阿提被捕時，是連著他的籠子，或者說，是帶著他的監獄一起被捕。

被捕後，儘管甲板上破雷樣的嘲謔聲在四周響個不停，阿提只靜靜趴著，不掙扎、不翻跳，他似乎已做了相當的心理準備來面對這樣的結局。

阿提認為，掙扎是徒勞無益的；掙扎其實是面對死亡時的精神逃避，只會越陷越深、越深越苦。

阿提的籠子邊，其他被捕的兄弟們，在船板上劇烈翻跳。他們用尾鰭

和頭顱猛力敲打甲板，發出一陣陣像是驟雨急鼓似的轄轄聲。猩紅血水飛灑噴濺。他們全都穿著血衣，翻跳在自己和兄弟們的大片血泊裡。

抽搐、顫抖，他們都將死去。

阿提俯趴在這個和他一起被捕的籠子裡，像是隻快速長大來不及換殼而撐卡在舊殼裡的寄居蟹；也像一隻將頭腳縮進殼裡後再也不願意伸出殼外的烏龜。他的筋肉已經像烏榕的鬚根貪纏住峭壁岩塊般緊緊攀黏在這個籠子上；他身體外緣的皮肉，壓迫擠塞在籠子間隙，像卡榫般牢牢將他卡死在籠子裡。

如果能夠拿掉阿提身上的籠子，真的拿得掉的話，他的身體也會像羊齒葉片般呈現鋸齒狀邊緣。

阿提沒有胸鰭，沒有尾翼，除了兩顆晶明的眼珠子還像是魚，再就是他背上長著的水蝗和海藻間隙隱約浮現的線條花紋，還看得出他是一條鰹魚，此外，他根本已經喪失了做為一條魚的特徵。

硬要說他是魚的話，阿提也是一條變種變態的魚。

漁船響著隆隆返航節奏，船上幾個漁人從捕到阿提後一直圍著阿提和他的籠子大聲喧笑，好像阿提是關在籠子裡的小丑。

阿提待在這個籠子裡太久了，他已習慣於被一個容器這樣囚圍著的安穩感覺。阿提覺得，圍著他的漁人不過是築在籠子外的新柵欄，連他們的笑聲也彷彿圍成一圈圈讓阿提鎮靜的簾幕。包括船身，其實也是一個漂流於海上的容器。

阿提只要抱緊其中的一個容器，只要抱緊他心裡的監獄，就是面對死亡，他也不會慌亂。

多年海上漂流，他早已像一具躺在棺槨裡的屍體。

阿提並不會為身旁兄弟們的困鬥至死，稍稍感到悲傷。甚至覺得高興，他已經不必為生命奮戰到最後一滴血，也不必在血泊裡死去，他不同於他的兄弟們。

出生和死亡，有起點、有終點，只是在這過程當中，阿提選擇了和他兄弟們截然不同的一生。

當阿提還是針尖大小的魚苗時，他和他千萬個兄弟們頭靠頭、肩並肩緊密地生活在一起。

那幾乎是安全而且盲目的日子。

千萬個兄弟壘壘堆疊出海裡一條裝模作樣的大魚，宛如一片在海水裡漂游蠕動的烏雲。

阿提認知自己是這個群體，這條大魚身上的一個細胞。魚體游到哪裡，細胞就跟到哪裡。隨緣隨機在茫茫大海裡泛泛浮游。

眾多兄弟用身體築成縝密的圍牆，把阿提團團裹在中間，那是非常安穩而且溫暖的位置，阿提生活裡唯一要做的是——認知自己的位置，跟上自己的位置。

阿提他們跟著潮水漂游，吃食懸浮水藻。像雪球翻滾，他們一邊移動一邊成長。很快的，他們都長成了一根根短短鉛筆芯模樣的小魚。

阿提聽到游在身邊的兄弟阿晃說：「有一些跟不上群體的兄弟都被這團隊遺棄淘汰了。」

阿提告訴自己，只要不停的游動，只要跟上群體，這種逍遙自在無憂無慮的日子便能持續不斷。

努力游動，一成不變的日子過了不久，有一天，水色澄清，陽光射穿水波照曬在阿提他們這條大魚身上。遠遠傳來浪濤溫柔拍岸石礫摩擦的婆娑旋律。假日休閒氣息瀰漫四周。阿提很想停下來休息一下，從出生到現在他一刻也不曾稍停的努力游動。

這個念頭一起，阿提不由自主緩了緩小小抽擺的尾鰭。兄弟們像箭雨一樣紛紛切過阿提身邊快速超前。一下子，阿提落到了群體魚尾。

往後看時，阿提驚覺到身後盡是一片深邃的墨藍。那是從來不曾有過的經驗。他像隻首次步出巢穴的雛鳥，離開群體的孤單感覺讓他像是獨自站在危危千仞峭壁上探頭幽幽谷底。

恐懼像是長了眼睛，隱藏在無底深處窺視著他。

彷彿就要墜落的暈眩，一再地迫使阿提顫擺尾鰭，跟上群體。

阿提想：「不過是換個生活位置，為何整個世界和視野全都改觀了？」

戒慎警懼中又摻雜了阿提對這個新位置的好奇。阿提沒有回到原來的位置，他和一位孱弱的兄弟並肩同游，保持跟在群體最尾端的位置。

阿提頻頻回頭，感覺到腹下冷冽的水流。

似有一葉銀光，偏閃在遠遠水影裡，朝向群體快速接近。阿提不曉得那是什麼。和阿提同游的那個兄弟，露出驚悚神色，尾鰭顫動得像蛇腰扭擺。

那道銀光一路劈來。

追得夠近時，阿提看到了那對凶饞的眼。

那對眼睛乘在閃動的銀光上，相當機伶。牠側偏一閃，斜過阿提尾後，張口吞噬了阿提身旁那位瘦弱的兄弟。旋即偏鋒轉身，衝撞阿提。

阿提生平第一次那樣害怕。他瘋狂地抽鞭尾鰭，莽莽越趕過幾個兄弟，朝群體中心，他心中認定的安全位置——他原本在群體中的位置，拚命鑽游上去。

那道銀光隨後追殺，一路咬噬了不少兄弟。若不是這些個兄弟替身，阿提的一生可能在這陣追擊中提早結束了。

兄弟們驚慌地左逃右竄。

那葉銀光像一把犀利的刀刃，將兄弟群體直直切剖分割成兩半。

阿提幸運的跟住了阿晃這一半，不停地偏閃側翻。

那葉銀光追逐分割出的另一半兄弟，越追越遠。

逃閃過追擊，阿提這一群兄弟仍像受到驚嚇飛撲不定的鳥群，久久一段時間後，他們猶在海水裡東撲西撞。

從此，阿提心中有了陰影。

原本圍在阿提四周的兄弟們稀疏了許多。他再也不敢貿然落到群體後頭，他害怕看到從四周間隙刺透進來海水陰沉、威脅的藍，更害怕腹底不時覺得的寒冷。

那道銀光如芒刺不斷碾在他的腦子裡，隨時隨地，阿提彷彿都看到了那對凶饞的眼晶亮的在每一道波褶浪痕間覬覦。

當生活有了恐懼，如馱負了重物，阿提再也不能逍遙自在的游。

是生命成長無法逃避的鍛鍊，或是如上蒼旨意般不容違逆的生存法則，阿提他們經歷了無數次衝撞，無數次血淋淋的切割；他們兄弟越來越少了。

逃命，已儼然成為阿提生活的重心。

從天亮逃到天黑，再從天黑逃回天亮。

沒有豁免的特權，沒有倦怠的權利。

生活就是拚命。

有一次遭遇一群鯖魚，那絕對不只是銀光揮砍而已，而像是雷電霹靂般緊湊的一場廝殺。

兄弟們的血水如滾湧的紅霧瀰漫四周。

阿提在血霧裡迷亂地四處竄逃，兄弟們各自保身，如大難摧折下紛飛的同林鳥。

那真是一場悽慘混沌的殺戮。

這次逃命時，不斷有一個念頭刺激著阿提，他心裡想，如果馬上就能犧牲掉幾個兄弟來滿足侵略者的口腹，那他就能從容擺脫掉那驚悸疲憊的倉皇奔命。

亡命過後，阿提體會到，兄弟們用身體築成的城壘並不可靠；兄弟們的肉身絕不再是自己身上的盔甲。

阿提從小以為可以長久安穩處身的堡壘，自此崩裂坍塌。

之後的每一分每一秒，阿提都得隨時繃緊驚惶戒懼的心。

有一次，一群海豚飛躍，遠遠橫過阿提前頭。阿提看到海豚媽媽用胸鰭托護著她的孩子，看到年輕力壯的海豚如衛兵般巡游在群體四周。

阿提想念起他從未謀面的父母。

也許，父母會是他心中渴望的那道堅固持久的城牆。

在一次混亂衝突中，到處都是水波氣泡，到處都是猩紅血霧和兄弟們殘碎的肢體。阿提只顧盲目地衝刺閃躲，連敵人凶殘的面貌都還沒看到。

就在阿提感到全身痠痛僵硬無法再奔再逃的時候，他停下來，第一次有了放棄的念頭。

就這時候，阿提看到了，看到了那一群幾乎將他們兄弟趕盡殺絕的敵人。

牠們咧咧嘴，一副吃飽撐足了的模樣，圓滾滾肚子裡全是阿提兄弟們的屍骨。牠們瞄了一眼阿提僅剩的十來個兄弟，用鄙蔑得不屑一顧的姿態款擺游開。

阿提清楚看到了牠們身上如彩虹勳章般的線條花紋。這紋彩阿提感覺

熟悉，甚至覺得親切。

這一群幾乎將他們滅門的凶手，原來是一群鰹魚。

和阿提他們一樣，是一群鰹魚。

阿提傷心的哭了，比海水更鹹的眼淚汩汩溶到海水裡。那一群劊子手裡，可能有他的叔伯……可能有他殷殷盼望能夠永久護他的父母。

生活還是得繼續下去，苦難成為阿提生活上不可或缺的儀式。

隔天清晨，一隻撲進水裡的燕鷗又奪走了阿提的一個兄弟。

絕情和孤獨成為阿提他們兄弟們的共同性格。對他們來說，十來個兄弟僅僅表示十來個在逃命時可以相互拋捨、值換的生存籌碼。

如今，他們能彼此掌握的生存籌碼越來越少了。

他們開始疑神疑鬼，游得更深一點，游得更狡黠一點。

多久一段時間了，他們兄弟之間幾乎不再講話。

那天，穿越一道海潮交界線後，兄弟們火速衝刺，阿提一下子被甩落到最後。筋肉繃緊、迂迴側閃，阿提以為又是一次逃命，眼尾不斷地甩看身後。

「奇怪，怎麼沒看到追來的晃晃銀刀？」

恐慌加上不確定的疑懼形成心底更大的折磨。

阿提在一陣迷惘中撞進一群砂蝦的幼體群裡。

一抬頭，兄弟們都成了一片片柳葉彎刀，晃閃爭搶那還只懂得抖跳的蝦苗。

多麼豐美的一餐！經歷過無數的殺戮戰場後，阿提第一次嚐到了殺戮的血腥甜味。

阿提在蝦群裡衝來撞去忙著將肚子填飽，蝦苗碎屑幾乎滿過他的喉頭。

阿提的皮膚漸漸光鮮耀閃，如配上了彩虹勳章，身上的線條花紋越來越顯眼。兄弟們都長成了柳葉大小，他們像一支抹黑面龐在海水叢林裡活躍的小游擊隊。

他們神出鬼沒，像快刀般襲擾掠食小魚群，也像流星樣矯捷地閃躲侵犯者。

逃亡和攻擊成了他們輪替的生活節奏，每天反覆著殺與被殺、殘忍與被殘忍兩種極端角色。

「除了吃與被吃，難道沒有另一種生活方式可以選擇？」這段時間，這樣的念頭經常縈繞在阿提心頭。

他是厭倦了。

也許阿提並不知道，有了這樣初醒的逃世意念後，他的生存已然亮起了危機。這是個嚴苛、冷酷的世界，生存的意志不允許絲毫的懷疑間隙。接下來，他可能得依賴更大的好運來繼續生存。

那是個陽光艷麗的一天，刺進水裡的光線波晃搖動，在水面編織成一張舞動的璀璨麗網。

即使這樣和煦美麗的日子，掠食者的動靜和腸胃蠕動仍一致，並沒有可以停下來休息，停下來喘口氣的假日。

追殺和逃命的音符在水底光影線譜上，很快的，一下下奏響了急切的節拍。

阿提被追到水面。

顧不得一切，他急急躍出水面。

阿提感覺到風撞著他的臉。

儘管那是多麼短暫的停留，落回水裡後，阿提不斷地回想那拂過臉上的風。他確信，一定有另一個世界，另一種生活方式存在。

只是不曉得哪裡尋找。

「難道水面那薄薄柔柔的一層，暗藏著甬道和玄機？」阿提看著水面，這發愣讓他落在群體後頭。

落後群體一段距離後，阿提偶然回頭，看到一條尾隨的鬼頭刀。

喔！不，是一群瞪著龍銀大眼，長相猙獰的鬼頭刀們。

像一撮射向靶心的箭，鬼頭刀們朝向他們兄弟滿弓離弦。

「最後一次了。」阿提心裡的厭倦如貼地的塵埃，不再隨風飄搖。

鬼頭刀們火燒樣的爆發力，是海水裡真正一把快刀，連長了翅鰭能飛逃到水面另個世界的飛魚，也難逃牠們的逆襲。何況是身心俱疲的阿提。

戲總是得演完最後一幕。

逃命已經成為阿提的制約本能，明明心裡想著要放棄了，但當鬼頭刀鉗子樣的大嘴張舉在阿提尾側時，阿提還是本能的側閃偏翻。

這條鬼頭刀俐落地緊隨翻身，像一架咬住目標的戰鬥機。鬼頭刀何等角色，用牠如斧的頭尖頂了阿提一下，然後陪在阿提身側冷眼悠游。

這條鬼頭刀嘲笑似地斜眼瞪看慌逃的阿提，從容擺尾超越阿提。

阿提知道，鬼頭刀在玩弄他，像一隻貓戲耍已經掌握在牠爪掌下的耗子。牠非得將阿提玩弄得筋疲力竭、遍體鱗傷後，才要一口將他吞下。

這尾鬼頭刀衝到阿提前頭，像表演特技般立身迴轉，搧掃出一圈漩渦，大口張開，等著阿提自投羅網隨著水流漩渦衝進牠的嘴裡。

阿提，在這衝向粉身碎骨的剎那，他是想，就這樣筆直撞進鬼頭刀深邃如句點樣的喉嚨裡，結束掉這場注定生死而且沒有尊嚴的遊戲，也結束掉這種只剩吃與被吃毫無趣味的生活。

就那最後瞬間，阿提幾乎已觸及鬼頭刀森森囁動的利牙，阿提畏怯懦弱了，偏鋒擦過鬼頭刀如斧的額鼻，往水面亮光衝去。

也許，阿提只是想再一次躍出水面，再一次試著衝撞他遍尋不著的那個世界。

身。

水流揉惑著光熾被阿提嘴尖刺破，然後像一雙溫潤的指掌撫過阿提全身。

一片耀眼光燦後，阿提看到水面一頂漂晃影子。

裡頭像是點著光源，水面那影子向下漫射出千百條光束。

阿提不知道那是什麼，但這生死剎那，阿提寧願相信那是另個世界垂引下救贖的光。

「生命旅途終點，赤裸、孤獨，接近神。」這句話恍惚、縹緲在阿提心頭。阿提尾鰭不聽使喚，時間被壓縮擠迫，彷彿失去了長度和深度。

這關鍵的瞬間，鬼頭刀仍然在後頭急急逼迫。

鬼頭刀衝湧出的激流水浪，喳巴喳巴的齧齒聲，一陣狂飆從阿提後頭洶湧撲來。

這時的水面反射著一大片搖晃的鏡子。鏡子裡，阿提看到了扭曲變形的自己和身後張舞著利牙的鬼頭刀。

鏡子裡反照的現實喚醒了阿提。

阿提尋回他的尾鰭，恨恨鞭打了幾下。

但鬼頭刀咧張的嘴，像極了終點線上隨時就要按下的馬錶。

這個馬錶不僅將判定這場追逐的勝敗，也將立刻終止掉阿提這一生所有的奔逃和殺戮。

在臨近海水與空氣接觸的這道媒面下，鬼頭刀隨時都能從容張口吞下阿提。

阿提再度恍惚了，他想：「還需要掙扎努力嗎？」

是一個兄弟懵懂撞進了這場勝負已定的追逐裡。

這當然不可能是捨身救援，這位兄弟是被另一條鬼頭刀要昏了頭，莽撞地衝進阿提和這條鬼頭刀的最後牽扯裡。

「咔嗒！」是什麼給快速闔上的聲響？原本追著阿提的那條鬼頭刀，移轉焦點順口吞咬了撞進來的那個兄弟。

這時的阿提幾乎沒有距離，就在鬼頭刀的嘴邊。

鬼頭刀再次奮力轉身衝撞，魯推出一股水流漩轉。

已經放棄所有努力的阿提，軟趴趴地被這陣突急的湧流掮得豎身旋轉，像一顆骨碌碌旋轉的陀螺。

那片漫射下來的光束，手牽手拉起光絲，像一撮光彩緞帶，圍著阿提圈轉舞蹈。阿提如被抽繩拋甩，無意識地盤轉。

直到他飛撞在一道牆上。

阿提暈眩的發現自己停在一個光束洞口。茫茫光線從洞裡鋪射開來，如延伸著手臂的一道光毯。

阿提搖搖晃晃──洞裡彷彿發出強大的吸力──阿提被水流給吸進洞口。

通過這道洞口門檻，四周響著嘩啦啦水聲，阿提恍若聽到了響在心裡的鼓掌歡呼。

他隱約知道，這裡可能就是他憧憬已久的那片天地。

阿提隨著水流沖進來這只漂流在水面的籠子裡。

籠子不大，天地四方都有方格間隙，感覺像是圍著柵欄的一座城堡。鬼頭刀瞪著龍銀大眼，十分不甘心地在籠子外徘徊，並不斷地向籠子裡窺視。

阿提終於明白，這是個期盼已久的避難所。

籠子裡除了阿提，還有阿提的兩個兄弟，阿晃和阿迫。

他們都氣喘吁吁，臉色慘綠，斜靠在籠子角落。

回過神來，阿提有點欣喜，又不敢十分確定，這情況是否意謂著，他已經遠離了這一生的逃亡。

啊，從出生一起的千萬個兄弟，他們結伴穿越一道道強風隧道，眾多兄弟像枯葉般一片片剝落飄零，生死未卜。出了最後這個洞口，就剩他們兄弟三個。

籠子漂流。

他們三兄弟默默看了三個日出和日落。

阿晃是條陰沉的魚，時常若有所思地佇在洞口。

阿迫不停地在籠子裡徘徊圈轉，有點不安和急躁。

阿提就趴在籠底，似在享受那再也不必奔逃的安心。

海藻不時漂進籠子裡，他們不必為填飽肚子煩惱。

無論多大群的鯖魚或鬼頭刀……牠們都得繞過籠子。他們知道，籠子裡絕對安全，單薄的三個兄弟，出去反而是很大的冒險。

他們依戀這只漂流籠子，如依戀他們的母親。

漂流的日子一成不變，風起雲湧全不干他們的事，日起日落也只是黑暗和光亮的差別。

他們的世界被圈束在這狹窄的籬笆內，他們甚至不需要游動，籠子自然帶著他們漂流。

「欸，海藻都吃膩了，想不想出去吃點別的。」有一天，阿迫這樣提議。

「不要吧，逃亡的日子還不厭倦嗎？」阿提趴在籠子底慵懶地回答。

阿晃都不講話。

看來，阿迫是悶得慌了，可是他又不敢擅自冒險。他時常來回在洞口，茫茫眼神裡透露著對外面世界的無盡嚮往。

阿迫時常嘆氣，時常惹事和阿提爭吵。

籠子邊慢慢長了些海藻。阿提更安心了，至少，他不用再為了偶爾漂進籠子裡的海藻和阿迫爭搶。有時潮流不對，他們也不必再好幾天餓腸轆轆地等候更好的潮流。

籠子乘著北赤道洋流向北漂流，日子一天比一天冷。

一串茗荷介附在籠子邊生長。

過了幾天，又駐生了幾顆火山頭樣的藤壺。

附生物越多，他們的食物來源越不虞匱乏。

日子雖然越來越冷，但越來越安定。

只是，阿提萬萬沒想到，這些附生物竟然是引發他們兄弟分手的原因。

起因是一隻小螃蟹，隨海流攀附住籠子外越長越密的藤壺群中。爬著爬著，小螃蟹探頭進來籠子裡。

阿迫發現了，他像是幾百年沒開過葷，沒經歷過刺激那樣的飢渴和莽撞；箭一樣，他衝了過去。

小螃蟹機伶地閃出籠子外。

阿迫沒講一句話，急急衝到洞口，扭擺身體鑽出籠子外。事情發生得太唐突了，阿提和阿晃根本來不及反應阿迫鑽出去籠子外的行為是否恰當，他們只注意到，當初躲進來時還算寬裕的洞口，現在阿迫得勉強才擠身出去。

阿迫吃到了那隻小螃蟹，而且囫圇吞嚥，沒剩下一點殘渣。

阿提和阿晃攀在洞口，看著籠子外的阿迫津津有味的吃蟹。

那真是挑逗和誘惑。

阿迫陶醉在久違的血腥美味裡……陶醉在自由自在、伸手伸腳、寬闊無限的空間裡。

阿迫在籠子外翻觔斗，在籠子邊手舞足蹈，暢快的一陣陣嘯叫。

那是一牆之隔就能擁有的歡愉。

「何必苦苦自囚。」阿迫對著籠子抗議似的喊嚷。

雖然阿提和阿晃還在籠子裡，但他們三個似乎同樣都沉醉在長期沉悶日子後少有的激情裡。

他們失去了警覺，當危機已悄悄掩到籠子邊，他們都沒發現。

那是一群鮪魚，平舉著鐮刀似的胸鰭，黑黝黝發著金屬光澤的流線形身軀，真像一艘艘陰狠狠的潛水艇。

牠們毫無預警、毫無徵兆地悄悄圍在籠子邊，像是和阿提、阿晃一起觀看籠子前獻寶似歡鬧的阿迫。

當阿提看到這群鮪魚，驚喊一聲：「阿迫！」

都太遲了。

鮪魚群已經圍住籠子，阿迫沒有退路，只得逆著籠子往開闊的天地亡命。

鮪魚們像一群失控的獵犬，狂吠著追去。

過去，還沒躲到籠子時的奔命日子，阿提為了逃命自顧不暇，他可是一點也不憂慮他的兄弟被吞噬、被啃咬。可能就剩這三個兄弟吧，也可能是經過了這一段兄弟間沒有利害關係的安穩日子後，這一刻，阿提擔心起阿迫的前途。

遠一點也好，如果阿迫就這樣逃竄離開，不知生死，阿提也許會覺得好過一點。

但，確實是在籠子裡待太久的緣故吧，阿迫的逃命姿態看起來竟然臃腫蹣跚。這哪裡是當年並肩逃過多少逆襲、多少劫難，勇武矯捷的阿迫。

就在籠子前不到五公尺——阿迫的逃命能耐竟然只剩下五公尺，那裡，鮪魚群翻滾爭搶。

阿迫就在阿提和阿晃眼睜睜面前，爆炸似的，瞬間被撕扯得支離破碎。

像阿迫剛剛吃下的那隻小蟹，沒剩下一點殘渣。

阿迫粉身碎骨的影像，在阿提腦子裡不停地倒轉重播。

阿迫那猴子樣嬉鬧的臉還在眼前晃躍，卻又剎那間爆炸破裂，沒留下一點痕跡。

生與死原本就沒多少距離，阿提沒想到的是，歡樂和悲哀間竟也容不下嘆口氣的間隙。

這樣默默相對不曉得經過了多少時候，阿晃終於說：「我們得出去。」

「喔？」

「我們這樣自囚，是在等死……阿迫是最好的證明，」阿晃冷冷的口氣說：「逃避，只會損耗我們的生存本錢。」

「但是，是這個籠子，是這個避難所，讓我們活到今天。」

「再躲下去，避難所也要變成監獄。」

「不會，不會變成監獄，你看，它不受限制自在的漂流。」

「你要一輩子待在裡頭，當一輩子的囚犯，做一輩子的縮頭烏龜嗎？」

「我寧願……」

「洞口馬上就要關閉，一旦關閉，就不再是自囚，而是囚犯……」

「我寧願。」

「但生命不能沒有深度，只是浮在水面漂流。」

「海洋夠寬、夠廣，夠我的深度。」

「籠子夠小。」

「籠子載我旅行在寬闊的海面，它是一座永遠護我的城堡，它讓我不必再忙碌、逃命，雖然它可能限制我活動的空間，但是它擴張了我心裡的空間。即使是監獄，它也會是座漂流的監獄。我情願如此。」

「喔？」

「喔！」

阿提和阿晃都不願意再講。

畢竟生命過程並不一定有什麼標準模式非得遵循不可。爭論不會有具體的結果和意義，只是選擇和選擇後必須償付的代價差別而已。

阿提留在籠子裡的選擇，他必須付出一生孤獨和終生監禁做為代價；離開籠子保護的阿晃，面對的將是生命的追逐和生活的挑戰。

「阿晃，你是個勇敢但不聰明的鰹魚。」

「阿提，你是個又奇怪又懦弱的鰹魚。」

就這句話兄弟告別。

阿晃擠出洞口，直直隱向陰暗深邃的水裡，沒有回頭。

洞口已經封閉，護他的柵欄如今也是囚室的柵欄。

阿提自我判決了終生監禁，他這輩子將永遠待在這座漂流的監獄裡。

這是他們的選擇，像通過了一道焚燒的橋，他們已經沒有回頭也沒有後悔的機會。

籠子繼續漂流。

有時寒冷，有時燠熱，阿提只能隨遇而安。

不能選擇，也正是他的選擇。

阿提做了一個夢：他夢見父母領著他們兄弟，一起抵抗一條入侵的鬼頭刀，眾多兄弟們咬住鬼頭刀，滿滿掛在鬼頭刀身上。他們兄弟都在一起，不必再四散飄零。

醒來後，阿提還原他的孤獨。

可以稍稍安慰的是，這座監獄比起夢中父母所代表的安全，更實在而且更堅固。

小螃蟹、小蝦子越來越多，牠們也都搭便車似的，攀附在這座漂流籠子上過活。

剛開始時，阿提曾經隨口吃了牠們。

後來，阿提覺得讓籠子裡熱熱鬧鬧的，比填滿腸胃更重要。

於是，阿提讓牠們自在出入。

漸漸的，牠們都成了這座漂流監獄的子民。

阿提自喻為漂流監獄的國王，並且認真地想像將如何保護他的子民。

阿提又做夢了：這次他夢見阿晃跪著向他求婚，還發誓說，永遠跟阿提住在漂流監獄裡。

阿提滿意地醒來。

發現小蝦、小蟹全躲進籠子裡來，用求救的眼神看著阿提。

原來是一隻燕鷗，停在籠子頂蓋上。

阿提翻了個身，打起水花；燕鷗受到驚嚇，振翅飛走了。

慢慢的阿提發現，翻身變得越來越逼窘困難。他已經成長到將近籠子大小。

有一天，阿提聽到轟轟浪聲，他從縫隙往外看，看見山，看見湧推的巨浪翻騰拍岸，也看見一隻飛在海面的蝴蝶。

阿提知道籠子可能被沖上岸擱淺，阿提曉得他面臨危險。

但，又能如何？

阿提自我解嘲地粲然一笑。

他乾脆讓自己睡覺。

阿提夢見籠子擱淺在岸上，他慢慢地窒息死去。

好幾次他夢見飛在海面的那隻蝴蝶。

醒來後，籠子又漂到外海。

後來，阿提碰到過一條抹香鯨；碰到過一群瓶鼻海豚；還碰到過一尾大青鯊。阿提知道，只要牠們願意，輕易都能擊碎這只籠子。

但這些操心，阿提都放棄了。碰到困境時，他就安靜的睡，然後做夢。而他總會夢見那隻海面翩翩飛舞的蝴蝶。

阿提逃避得更徹底了，有時同居的蝦蟹爬到他身上，他也任牠們來來去去。阿提的頭、尾和身體兩側都已經頂在籠壁上，動了並不舒服。

他就這樣俯趴著，漸漸習慣這樣動也不動的日子。

水螅和水藻開始在他身上冒芽生長，漸漸覆蓋掉阿提身上大部分的紋彩和光澤。他感覺自己生了根，和籠子的柵欄血脈相通，緊緊貼黏在一起。

他的生命包括這只籠子，或者說，這個籠子包括阿提這個生命。籠子裡所有水螅、海藻、茗荷介和藤壺、小蝦小蟹……他們同在一座漂流監獄上，這是一座漂流的生命共同體。

最後，阿提不得不把胸鰭和尾翼從籠子縫隙伸出去。

那天，來了一群黑鯖河豚，猛啃他露在籠子外的胸鰭和尾鰭。也無所謂了，阿提理都不理。他想，反正留著也用不著。

又過了許多個日出日落，阿提做了太多的夢，有時候他自己也分不清夢和真實的分際。

海上風暴往往驟起暴落，籠子常常在波峰浪谷間反覆震盪滑行，對阿提而言，那只是一場又一場夢裡的滑翔。

有一次，阿提看到好幾艘漁船在鄰近海上作業。阿提懶得擔心，認為自己是一個籠子，不是一條魚。

阿提正想入睡，遠遠一群鰹魚匆匆奔游過來。

阿提認出這群鰹魚，是他離散日久的兄弟們。

阿提忽然想到阿晃。他斜眼注意看著每一隻游過籠子邊的鰹魚。

其實，阿提並不願意見到阿晃，但不曉得為什麼，也許，他不願意阿晃看到他現在的模樣。

一些鰹魚好奇的圍住籠子，他們當然已經不認得阿提。

「你是誰啊，怎麼胖成這樣？」

「是奶媽啦，你沒看到他背著許多小朋友。」

「是園丁啦，你沒看到他身上都是花、都是草。」

「啊，斷手斷腳呢。」

「是活的還是死的？」

「怎麼都不講話……」

「是動物園嘛。」

「才不，是一隻標本吶。」

「怎麼會這樣關著自己？」

……

七嘴八舌，阿提理也不理，他閉著眼，設法尋找他夢裡的蝴蝶。

「是縮頭烏龜啦！」

「但烏龜還會把頭、腳伸出來。」

阿提張開眼，他認得這聲音。

他倏然從夢裡回來，這是唯一會讓他確定自己清醒的聲音。

說不上是高興、妒嫉、羞愧或是怨恨，阿提陷在要不要相認的矛盾情緒裡。

「管他去死！」阿提對阿晃，也對自己有些莫名的不滿。

一艘圍網漁船駛來，那群粗鄙聒噪的兄弟們，像一陣水流嘩啦啦地游走了。

「也好，才懶得認這樣的兄弟。」

船隻舷牆切過籠子邊，阿提在船尾槳葉激起的水流白沫裡打轉。

阿提看到船尾下網，一邊下網，一邊往阿晃他們離去的方位包抄。

「加油！加油！」阿提喊著。他也不確定是在為誰加油。

漁船遠遠繞了一圈後，轉折回來。

網口漸漸收縮束緊。

漁船再度停在籠子邊。

收網階段，船上幾個漁人全看向網口忙碌，沒有人會去注意船邊這只又醜又髒的籠子。

船上捲網機吃力的咿呀作響，網繩繃緊，網緣收攏，網子被提出海面，網袋沉甸甸從舷邊探向水裡。

看情況是網住了一大群魚。

阿提突然有了看戲的心情，只是，他不曉得自己期待看到怎樣的結局。

事實上他也沒有選擇當不當觀眾的權利，他並不能迴避這場在他眼前上演的戲碼。

網袋每拉起一吋，阿提就隨波顫動一下。

小蝦、小蟹紛紛離開他的身上。

「我只是想看到阿晃不在網袋裡。」事實上，阿提並不確定這是他真正的期待。

網袋將要浮出水面。

阿提可以清楚感覺到魚群在網袋裡掙動傳來的陣陣水波。

那水波擾得阿提漸漸激動了起來。阿提又恍惚了，到底他在激動什麼。

網袋終於浮出水面，鰹魚群滿滿一網。

沒錯，是那群兄弟們。

掙扎，抖顫；越掙扎網袋纏得越緊。

網袋被提上甲板，這齣戲已將近尾聲。

那群兄弟們在甲板上嗶啵翻跳，像是鍋裡油炸的蝦米。

阿提沒有看到阿晃在網子裡，也說不出是高興還是失望。

「管他的，最好不必相認。」

船隻迴身駛過籠子邊，又是一陣泛晃。

「再見囉，我的兄弟們。」如果阿提還有胸鰭的話，他一定會揚起他的胸鰭和甲板上的兄弟們道別。

「喂！」籠子邊傳來聲音。

阿提一低眼，是阿晃停在籠子邊。

阿晃長得精幹結實，身上鮮亮的線條花紋閃耀著彩虹光澤，眼光精明堅定，看得出來，是一個歷經百戰的勇士，他全身上下自然散發出一股懾人的氣質。

「如何，監獄裡的日子如何？」

阿提一時講不出話來。

比較起來，阿晃的英姿挺拔，讓阿提明白自己邋遢的自卑。

儘管阿提也想回嘴，取笑阿晃的疲於奔命；至少也取笑他曾經躲在這個籠子裡，挫挫他扎眼的外貌。

但是，不曉得為什麼，阿提始終講不出一句話來。

才轉身離去的漁船，又忽然折轉回頭，隆隆槳葉攪動汩汩一團白波。

「啊，漁船來幫我解圍呢。」阿提心裡一陣高興。

「船回來了，逃吧。」阿晃似乎忘了阿提只能漂流，也忘了阿提早已不必再逃。

這句話讓阿提覺得非常刺耳，但也非常得意。

「怎樣，怎樣，是英雄的話就不要逃。」阿提終於能開口在背後罵一罵，平衡一下失調的尊嚴。

前頭，阿晃逃去的方向，另一艘漁船擋著阿晃去路，正在下網。

「啊哈！阿晃啊，前後夾攻，這下子，就是插翅也難逃囉！」阿提自顧看向前頭，這一次，他準備好好觀賞這一齣即將開演的好戲。

沒料到，後頭駛來的漁船就停在籠子邊。

跳。

一個年輕漁人把頭探出舷外。阿提聽見甲板上的兄弟們還在掙扎翻

那個漁人直愣愣盯住阿提的籠子說：「沒錯啊，就是這個。啊，多久了，被浪打下去多久了，竟然還能相遇。」年輕漁人露出意外、驚訝的表情。

「啊！我看不要了，又髒又舊的。」船長模樣的老漁夫從駕駛艙探出頭來。

「啊！化做灰我都認得，這是我第一次下海捕魚時，我老媽特地用它裝了雨衣和便當親手在港邊交給我的。」

年輕人不理會船長，繼續說：「遺失籠子那天，難過了好一陣子。這回一定要撿，這籠子和我太有緣了。」

阿提聽不懂他們說些什麼。

他想：「反正不干我的事。」

一根長鉤桿伸出船舷，一下鉤住阿提的籠子。

小蝦、小蟹紛紛跳水逃命。

阿提就這樣意外被捕了。

那個年輕漁人蹲在甲板上，看他失而復得的籠子，發現了裡頭的阿提。他咧嘴大笑，招來了其他漁人圍著籠子看。

笑聲像仲夏午后的響雷，吵個不停。

漂流的監獄不再漂流，擱淺在甲板上，擱淺在另一座更大的漂流監獄裡。

阿提躺在他一生的容器裡，不掙扎、不翻跳，什麼都不想。他只渴望再次夢見他的蝴蝶。

OCEAN
TAIWAN'S Ocean Literature

新年快樂

除夕夜起寒雨不止，縱然「新年快樂」的賀歲聲綿綿不絕於耳，但這等年假配上如此天候實在是快樂不起來。

年初五，冷風稍歇，春雨間續飄零，山頭斑蒼迷濛；一陣雨霧飄過，靛藍山色乍露；又一陣霧靄集聚朦朧。

一群外地朋友來訪，困在屋裡幾天，玩興似乎都長了霉斑。趁雨勢弱減，一起來到海岸高地眺望大海。

俯看海灣大片水藍，一泓弧闊海面僅見一艘漁船泊在灣底。年節時候

加上連日風雨不絕，討海人有大好理由休息到元宵十五。海上那艘漁船是阿財的豐盛六號，年初五阿財便出海作業，全港底他是認真出了名的少年漁郎。

居高臨下，我們如飛鳥鳥瞰，整座海灣盡收眼底。朋友們看海岸弧線迤邐，看拍岸浪濤滾繡出海藍邊緣的白色蕾絲花邊，紛紛綻露出多日抑鬱後紓解奔放的新年笑容。

俗話說外行看門面，內行看腹內，幾年討海生涯養成的職業本能吧，我的眼光不由自主地像望遠鏡頭急遽縮拉聚焦在崖下海面上，海面任何異樣波動都能引發我的漁人職業敏感。彷彿討海人都具備了雙重性格，上岸後通常是鬆懈、隨和，一靠近海洋，神采滿弓，專注、孤僻的性格便自然流露。

海洋總是像一塊強大磁鐵，輕易地懾住了我所有的神經磁波。

也說不出到底為了什麼，每當眼睛碰觸海面，整個人就會像易溶粉末般漫進水裡。當我看到魚隻躍水、看到魚鰭尖頂劃過水面，甚或只是看到魚隻款擺在水面掃出的水紋，都會讓我心底興起一股莫名的激動。並不純然是見獵心喜，多少次看到一群小魚游過舷邊，也會讓我歡心感動良久。

大概是珍惜與大海因緣際會的巧合，也或許是活絡絡生命藉由魚體印證了我心裡那片原本豐腴的海洋。

那鐵定是魚！

當我看到崖下水面浮出一塊褐赭色水斑，我眼光緊緊跟隨。水斑漂動，一下伏沉一下鮮明浮露，若隱若現，如山頭雨霧飄渺；水斑盤桓，我確切看到水面掀攘起一簇簇水波，如在撩撥我心底深處與海洋的恆久共鳴，一股熱潮湧襲胸腔。那肯定是一條魚。

阿財的豐盛六號橫在紅斑前頭像海面上的一把量尺，那條魚足足兩倍船身大小。

這是一條體態龐碩的大魚！

朋友們好奇靠過來，順著我的指尖，他們找到了這條大魚。歡呼、尖叫，像年節鞭砲似的他們拍響了手掌，一位城市來的女性朋友嚷著說：「魚欸，魚欸，是在海裡游動活活的魚欸。」

眼睛不敢須臾離開，恐怕一眨眼牠就要消失不見了。在牠游開前我得分辨出牠是什麼魚。念頭在腦子裡飛馳盤轉，可能是一頭鬚鯨，體型符合鬚鯨尺寸……沒有露出背脊尾鰭、沒有上來呼氣噴煙……推翻了是一頭鯨的設想……游動緩慢，有時看似風箏樣的大塊體型，難道是鬼蝠魟？我們曾經鏢獵到一條將近一噸重的蝠魟……阿財那艘船仍然泊在海上，沒有動作，大概還沒發現龐然大物已游近船邊……而且，蝠魟塊狀體態不可能這樣修長。

會不會是俗稱「豆腐鯊」的鯨鮫？

「啊，沒錯，就是牠。」這個念頭一起，就如模子樣牢牢嵌在我腦子裡。我甚至想像看到牠如剷口樣的大嘴，看到牠身上的花點白斑。

豆腐鯊被討海人看做是可遇不可求的橫財，像眼前這般大的豆腐鯊，價值可能超過與牠等長的漁船。也因為如是價值讓我無法再冷靜分辨其他。

是豆腐鯊，確定是條豆腐鯊。

我已然僵硬而且毫無間隙地認定牠是一條豆腐鯊。

這分明是作弄人，多年海上作業也不曾走運遇見過一條豆腐鯊，今是遇見了，竟然是在岸上遇見。

我心底盤算，從港口開船衝到腳下這片海域至少得一個小時，豆腐鯊會等嗎？阿財的船隻近在咫尺，他可能繼續瞎眼下去嗎？對付這樣的大魚至少得四、五個漁人一起，過年過節臨時找得到足夠的人手嗎？

一陣雨霧籠罩上空，小雨稀稀疏疏開始點落，原本意外發現大魚的快樂心情驟生徬徨。

這如何是好？這分明是作弄人。

朋友們都感染了討海人偶見大魚的倉皇情緒，他們鼓吹著說：「去，去，去把船開出來，我們在這裡看。」一陣鞭砲似的掌聲後繼續說：「去，去，趕快，我們等在這裡看熱鬧。」

油門踏到底，車子飛馳到船長家。

「喔，新年快樂！」巧不巧，船長和三個老討海人坐成一桌正在忙碌。

嘩啦啦洗牌聲中，他們歪斜著脖子，有點勉強的聽我有聲有色地描述豆腐鯊。

「哪有可能這樣的事？」他們一臉狐疑。

「確定是豆腐鯊？」

「過年過節嘸湯滾笑咧。」

船長打出一支「發財」，停下來，聽我第三遍因為急躁而幾乎口齒不清地重複敘述：「真大隻啊……兩台船不夠長……」

「走！」四個人互望一眼後，決斷地推倒了桌上的方塊，霍然起身。

「走！」這等氣勢足足可用。

邁到門口，船長回頭用狼一樣狡獪的眼神盯著我看：「你確定！你確定？」

「應該是啦，真大隻……應該是啦？」回話時我心裡迷濛若山頭嫋嫋雲煙，忽然覺得恍惚，船長的臉似在扭曲變形。

「走，先去高地看看。」船長似乎從我的表情裡挑出了猶豫。

時速一百，兩輛車追到高地。

那真是壯觀，一排十幾個人臨崖眺望海面。

「出來吧，出來吧，讓事實證明我的判斷沒錯。」我一邊臨崖搜索，一邊鼓勵自己。

雨點漸漸粗獷，煙硝火花般擊打在我臉龐。

阿財的船隻仍泊在海上不動。大魚不見了蹤影。我腦子裡反覆出現船長如狼的眼神。

「出來吧，只要再出現一次，就能圓滿新年快樂的氣氛。」

十分鐘過了，雨點打在臉上，時間滴滴答答打在我心裡。

北側海面，紅影一閃，閃出了我心頭的驕妄。看見了，再次看見了。

我用平生最得意的腔調、用最豪邁的手勢，揮手指住海面那棗晦紅大聲喊嚷：「在那，在那，豆腐鯊在那。」

那真是壯觀，臨海一排十幾個人，都在我的吆喝指揮下，同時轉頭，看向我信心十足的海面焦點。

朋友們再度高聲喝采。我深深感覺到，這聲喝采全是為我驕傲。

阿財那艘船竟然遲頓到這款地步，至少也該看到岸上這群人的異樣舉止，而警覺海上可能的狀況。這個憨阿財，枉費他年初五就拚勢出海作業，大魚靠船了還在那裡過年。

船長和三個老討海人，應聲朝那海上魚影看了兩眼後，立刻轉身就走。

我隨後追上。

他們四個人一路搖頭，似在為阿財的「白目」婉惜。

「怎樣，怎樣，出海趕得及吧？」我攀住車門追問。

朋友們全都跟過來靠擠在我身後。

船長和三位老討海人上了車還在搖頭，臉上笑笑，看得出來，裝得很硬，是因為新年才勉強壓抑住的火山口蓋子。

我知覺到事有蹊蹺，我暗暗發現船長眼裡的不耐和惡怒。

船長將眼光從我臉上移開，眼神柔轉下來，看向我背後的朋友們說：「新年快樂啊！」

引擎發動，車子緩緩前進，車窗裡丟出來一句話：「白目，苦蚵仔看做豆腐鯊。」

恰好一顆雨點打中我的鼻樑，涼到心底，我怎麼會讓豆腐鯊迷了心竅而忘了已經是苦蚵仔季節。苦蚵仔每條才七、八公分長，開春後，苦蚵仔群集靠岸，牠們習慣群集湧滾，密密麻麻堆疊挨蹭，聚成一條虛張聲勢、裝模作樣的大魚。

難怪船長他們生氣，海上漁夫當了這麼多年，又不是不知道、沒看過，竟還被一群小小苦蚵魚欺騙，膨風吹噓成大豆腐鯊。還帶頭起鬨。

雨越下越大，朋友們知道氣氛不對都噤聲不語。大魚情緒如燎原大火倏地被潑水澆熄。

遠處響起一串綿綿疊疊的鞭砲聲，似是在為這齣鬧劇笑噓鼓掌。這則笑話至少得在港底流傳整年。

回頭和朋友們相看莞爾，新年嘛，不覺會心一笑打破沉默，大家一起說了聲：「新年快樂！」

OCEAN

TAIWAN'S Ocean Literature

卷二·

海洋爭鬥

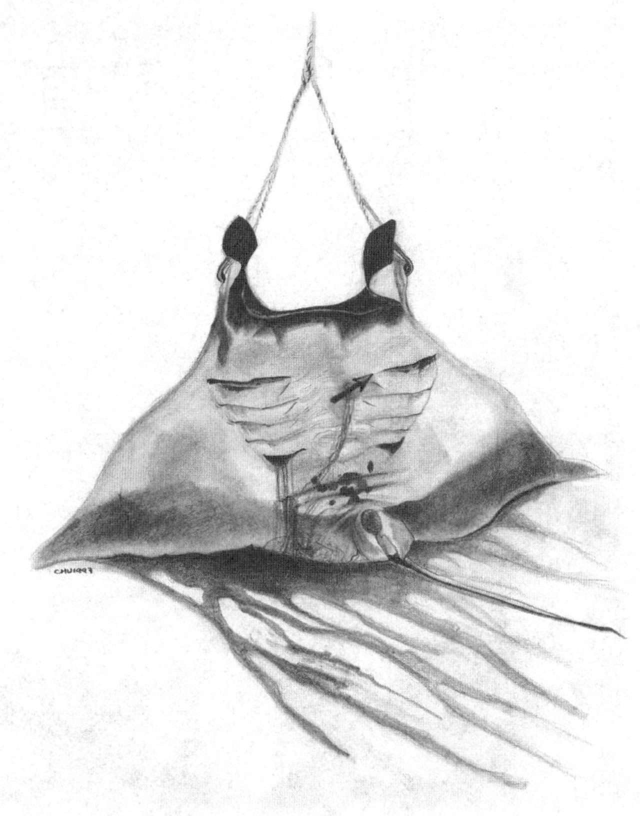

命運注好好，

斷一隻腳換這隻魚。

OCEAN
TAIWAN'S Ocean Literature

鏢頭

鏢頭，是鏢魚船的靈魂舞台，是鏢魚船上一處狹小、獨立、焦點的針尖部位。

面積大約僅肥皂箱大小，不比演講台寬穩，鏢頭上的斜板翻俯二十度斜角傾刺向海，懸空銜在鏢魚台頂端。

斜板正中央，有一個固定在板面的小盒繩框，鏢繩像肚子裡的大小腸盤捲壅塞在裡頭。鏢手持鏢刺魚時，兩腳分立，繩框在鏢手胯下，鏢繩長約五十噚，中魚後，鏢繩衝刺狂奔而出，鏢手得在這小框鏢繩奔盡前，脫

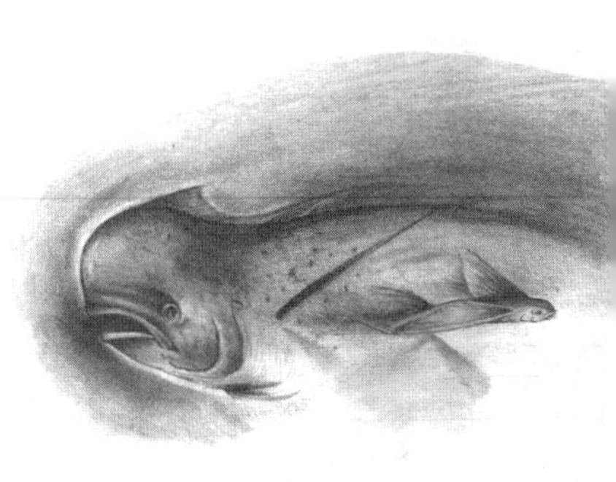

開腳套、離開鏢頭，這段時間往往只短短十數秒鐘，如霹靂閃電般惶急。

這一小框鏢繩，可以說是專為鏢手預留的脫逃時間。

鏢魚船鏢獵的魚隻，體型通常碩大，甚至魚體大過船身。牠們受鏢疼痛掙竄衝出的速度與勁力，往往讓我錯覺，奔在水裡的不是魚而是一頭拚死狂飆的獸。

鏢繩被牽拉蛇擺衝出，堅硬如棍棒晃甩，犀利如刀刃磨切，鏢手擲鏢後若不能及時掙離鏢頭，可能會像一隻樹梢中箭的鳥禽，栽落水裡。

繩框兩側各有一只釘死在斜板上的帆布腳套。每年東北季風颳起，旗魚汛季開始前，鏢魚船泊在港澳裡忙碌整備。鏢手蹲上鏢頭斜板，度量腳板大小，度量站定使力的個人習慣，親手打下長釘釘牢腳套。

鏢頭上四無遮攔，鏢手一站上鏢頭，兩手持鏢，身體重心自然傾出船外，這兩只腳套成了鏢手和船隻間的唯一牽連依靠。

海上風浪的顛簸，船隻迴旋的扭甩，鏢手自身的體重，全倚賴鏢手使勁頂在這兩只腳套上。

腳套的牢靠與否，關係到鏢手的作業與安全，所以，鏢手及同船夥伴都願意是鏢手親自來釘定這雙腳套。

曾經有過鏢魚船在追獵途中，因腳套鬆脫而致鏢手跌落及折斷踝骨的意外。我是覺得，鏢手一穿上腳套，就像趿起了整艘船這隻大鞋，鏢手在鏢頭上的舉止牽連引導著整艘船的動靜。

鏢手是靈魂舞台上的靈魂人物，他在船上的地位一如鏢頭所顯露的鵠立、孤峰特質，如禁地般不可探觸的神聖和神祕。

鏢魚船在海上所展現的血腥、陽剛氣質，幾乎是鏢手和鏢頭一體創造的針尖高潮。

鏢頭與塔台幾乎等高，是船身的兩個突峻。出海尋魚時，我們通常站在塔台上看魚。當發現魚隻時，全船高亢尖叫，鏢手從塔台翻身躍下前甲板。如從山頂跳落山谷，山谷裡溢灑著陣陣波浪。

鏢手衝上鏢頭、穿上鞋套、反手抽抓擱在鏢台側緣的長鏢桿。

從塔台跳下的剎那，他已經離開了船隻，鏢手的全部意志都已傾出船外。

我是如何也沒想到，這方小小舞台竟意外的和我長久夢裡的一個影像相疊相映。記得，初初跟著鏢魚船出海學做討海人那個漁季，鏢手叫萬來仔，他清瘦、理小平頭，眼神隱隱透露殺氣。我發現漁季裡海湧伯對萬來仔總有特別的要求。有一次，萬來仔參加一個朋友的喪事回來，海湧伯攔他在船邊說：「拿一副金炮燭來。」萬來仔必須淨過身，海湧伯才允許他再踏上鏢頭。

漁季開始前，港堤碼頭上一輛吊車把鏢魚台吊裝安置在船尖，海湧伯準備三牲禮祭拜，一炷香和一張廟裡求來的符咒貼插在鏢頭豎板上，鏢頭下牽繞一條紅采，三杯米酒灑向鏢頭。

整個漁季中，曾經好幾天鏢不到一條魚，海湧伯提一桶水氣憤地潑上鏢頭。

每次船上祭祀，海湧伯都是面對鏢頭祈唸默禱。

我發現，鏢頭是船上祭典禮儀的重心。

那一年，一直到漁季結束前，我不曾上去過鏢頭。看到討海人對鏢頭的尊崇，我是擔心隨隨便便站上去恐怕觸犯了什麼忌諱。有一次，是個和風亮麗的日子，旗魚稀疏深埋水底不願浮起，船隻泊在海上等候潮水轉變。我問萬來仔，關於他的鏢手經歷。

萬來仔說：「你不知，鏢手壓力真大，刺到了應該，刺不到失了責任。」他又說：「你不知，魚仔在船前撇來撇去，有時陣，鏢尖比咧比咧，一個念頭提醒，想多候一下更好的時機，比咧比咧，比到魚仔藏無去。有時陣怕牠藏無去，不顧一切凶凶出手，牠閃過鏢尖後，游得端端正正，魚背乾乾，乖乖浮在鏢頭下。趕緊喔，鏢桿拖在水裡怎樣拉也來不及……你不知，常常夢裡搥胸坎。大小聲叫，懊惱失去了出鏢時機……你不知，刺不刺得到魚，全在鏢頭上的剎那心情。」

海湧伯轉過頭來憋著氣用鼻孔聲音說：「刺無就刺無，牽拖一大堆。」

「我是很想站在鏢頭……」我自言自語唸了一句。

大概閒著也是閒著，沒想到海湧伯對我揮揮指頭：「上去試啊！」一邊叫萬來仔跟上去，留意我的安全。

像小孩子被允許坐在汽車駕駛座上空轉方向盤，我神氣地三兩步踏上鏢頭。

喔，鏢頭比起塔台搖晃得厲害。像是凸透鏡焦聚光線般，鏢頭焦聚了海面波浪的湧動；也像凸透鏡放大影像般，鏢頭放大了船身任何細微的搖晃。

穿上腳套，像小孩學步模樣，我謹慎戒懼不敢一下子直立站起來；腳板弓抓著不敢舒伸，每根腳趾頭都像雞爪子牢牢向下扣抓，彷彿就要在斜板上搔出抓痕。手心、腳底，全是滑膩膩冰涼涼汗水。

萬來仔從後背擰抓住我，更後面有海湧伯急咳似的笑聲。

萬來仔指掌支撐下，終於，我挺腰站直了身子。

就這剎那，這世界彷彿改觀了。風聲颯颯颳在耳緣，海面耀閃金光無限延伸，所有的擾攘、畏葸和不安，一下子如被摒隔在遠遠身後。多麼像是孤立在突峰嶺頂，眼裡盡是藍天、風影，腳下層峰疊巒綿延無際。

想像自己是一隻站立高山紅檜樹梢啼鳴的藍鵲，吸吮著不同層流的清新空氣，享受著不同溫度的日曬。

是多麼熟悉的感觸和場景，我陶醉在那危危、高高、孤孤、傲傲的感覺裡。

萬來仔看我站穩了大膽鬆了手，我知覺到腳下的鏢頭如雲朵般柔軟，知覺到腳下的船隻活絡絡的蠕動，像是踩立在一頭巨獸的背脊上，我能感受牠的呼吸喘動，感受牠的心跳血流。

船隻動了，引擎聲噗噗追在身後一段距離外，腳套把船隻衝力，把海面上的一波一搖，實實在在的鑄在我的腳踝上。

一陣溫暖熱氣隨著船速遞增漸漸從我腳底浮昇，洗禮般通過我全身。

啊，我在飛翔。

只要忽略兩腳的存在，我已飛翔離開船隻。

我恍然想起，這原本是我長久夢裡的場景。童年至今，不曾間斷，每當東北季風颳起，我就會夢到飛翔。夢境裡一樣高高危危，有著遺世孤立的快感。

猛然回頭，背後有喊叫聲。

回頭發現，萬來仔已回到塔台，隔著一道深邃山谷喊我，並對我比出持鏢手勢。

船隻從鏢頭這個角度看回去，全然陌生，像一根大瓠瓢浮走在白波浪花上。看見海湧伯微笑著點了點頭。

我放膽嘗試，抽手舉起鏢桿。

鏢桿長十六尺，我緩緩送出鏢尖，直到右手握住了桿尾。不知哪來的豪情力量，奮猛翻桿，上挺舉過頭頂，我知道，這可能是這一生最勇猛的姿勢。

鏢尖閃閃寒光，鏢桿振顫晃擺，我感覺到它的生命彈性，我聽見它的嗜血呻吟。

走下鏢頭，心底沉靜。

我是意外的尋獲一個舞台，我也明白，這趟鏢頭來回，是我生命中不能回頭的一個尖點。

回想飛翔的夢，回想海湧伯說過的：討海要有討海人的命。

多少岸上的點點滴滴曲曲折折過後，難道命運已經注定，我將在海上找到一方讓我生命活轉的小小舞台。

海湧伯拍著我的肩說：「下次讓你站鏢頭鏢魚。」

就這樣，通過鏢頭的洗禮，我成為一個討海人。

秋決

月圓後，秋風漸起，海天雲絮飄出相約重逢的氣息，鏢手和旗魚們紛紛回到了島嶼邊緣。

像秋天落葉，當東北季風吹起，他們就要群起作飛翔的夢。是喔，文旦柚落了一地；草葉受了風寒浮露大片枯黃；檳榔花曬熟了香醉、繫結青仔；稻穗半黃、湧推翩翩禾浪；秋風高高遠遠撐開了藍天；風的指爪湧捏巨浪。

這是收成的季節。

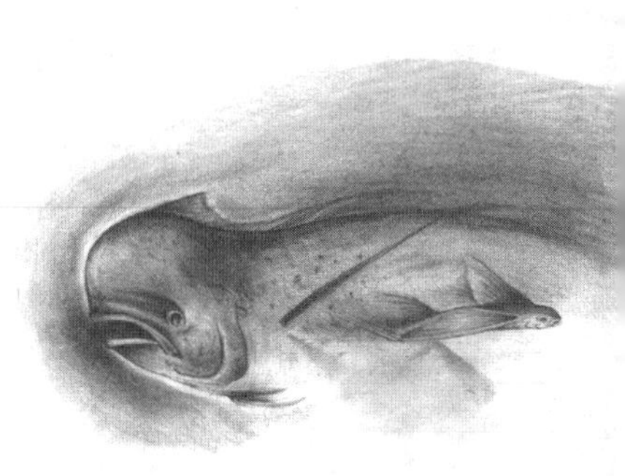

是喔，全都約定好了，如久遠飛翔的夢。

是時候了，漂流在鏢手和旗魚血液裡洄游的鬧鐘，終於嵌響在他們心頭。

有的扛板模在鷹架上無休止攀爬了整年，他們刺穿過多少洶湧潮流，有的在煙塵滾滾的道路旁綁鋼筋、拌水泥，他們經歷過多少貪饞嗜血的追逐。

春季漂泊，夏日流轉。

他們周遊、累聚、等候，彷彿這一生，就為了等待風起的片刻。

他們約定在風起浪峭的海上相會。

去年底洗去鹽漬和血腥，風乾後收藏的油衫油褲，拍去塵埃；旗魚如劍的嘴尖已經磨得犀利；鏢手頭上繫綁的碎花布巾洗褪了顏色；去年風颳的傷痕都已結痂；千里鞋上仍殘留乾涸的腥血；鏢尖閃熾寒光。

他們目光深沉，似帶著讎惡，集聚在汩汩波峰浪谷。

在這裡，秋風催緊了戰鼓。

浪濤拍花碎響，海洋的召喚明朗如北風肅颯的旋律。

旗魚穿梭，船尖俯仰劈砍，那無聲的奔游、無聲的刺殺和拉拔。

是這些凶殘熱血牢牢扣住他們相約重逢的心神。

強風勁浪，旗魚游露水面；強風勁浪，那樣晃甩鏢手站立的船尖鏢台。他們永遠忘不了火燒樣的追逐，永遠也忘不了十八尺鏢桿如一弧緊繃的絃，抵緊彼此的胸膛。

沉著、冷靜，如驚濤駭浪裡即開即謝的花朵，他們得在海天動盪裡強摘花朵的笑靨和花朵的鮮血。

刺殺的剎那，他們得忘了這個世界仍然存在，得忘了筋肉糾結，忘了鏢繩拖拉如鋸齒、利刃，如催魂索，生命肉軀的拉拔將輕易粉碎如秋風裡乾癟的落葉。

多少鮮血將在風裡稀釋，在海水裡冷卻。

壓低帽簷，埋頭刺穿波浪，獵人和獵物的面貌在累積的戰鬥火焰下顛簸模糊，生命的鼻尖湊嗅著生命。

他們都將隨風飄零。

是這樣吧，讓彼此放掉一切，忘掉一切，他們誰也不願意錯過這場秋風下的約定。

他們相約在鹹澀的煙靄海上組湊一場陽剛血腥的生命大戲，他們眼神是如此相似對看，所有劇情的張力及美麗，都用彼此的筋肉、鮮血來結構。

秋風起，旗魚紛紛來到島嶼海域，擎起劍一樣的嘴尖。

鏢魚船已經啟動，鏢手就要上船。

OCEAN
TAIWAN'S Ocean Literature

等風

北風，像一把拂塵的撢子，拂掃天地每個角落後在天亮前息止了。天空清朗，雲絮都塵埃般落盡了，像一大塊無瑕的藍寶石扛在黎明天頂。

港堤角落叢生的幾撮菅芒，葉尖枯乾低垂，白穗花絮沉靜昂吐，似在翹首企盼再起的北風來舞擺僵凝住的姿態。

鳥聲遙遠，彷彿被稀釋在寂寥的空氣裡。

一股因過度靜謐而響在耳邊的隱隱聲浪，宛如千百隻迷失的蟬聲嚷嚷刺耳。堤外濤聲低沉、壓抑，似在深邃的山坳裡盤桓。一鍋滾開的水，水

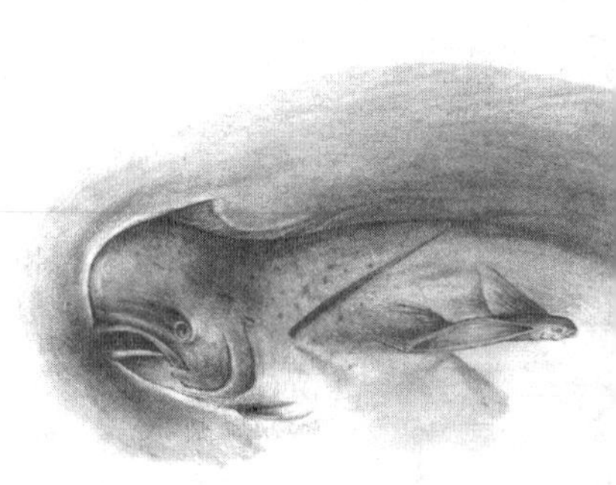

氣悶悶掀動著鍋緣。一首澎湃激昂的樂曲，音符翻越一座高峰陵頂後跌聚在谷底吟哦。

鏢魚船的漁人都已來到船上。昂仰的鏢魚台像是船隻伸出的長長鼻尖，突露在碼頭上。鏢魚船成串列隊都還繫在岸邊。

船上的漁人都穿著「千里鞋」，一種拇指與其他四指叉開，像是更要牢牢抓緊甲板而穿的黑色布鞋，鞋跟後的鋁片鞋扣開敞著露出米黃色的帆布鞋裡，像是趿拉著地板鞋。他們翻攀過船舷，一艘船跳過一艘船，像是在巷弄裡串門子似的。喊幾句招呼，互相褒貶幾句，又跳過另一艘船去。

外港來的鏢魚船，船員從船艙裡露出沉睡初醒的臉，有幾個站在船尾滿嘴白沫的用力刷牙，有幾艘船煮好了早餐稀飯，爐灶裡冒著縷縷白煙。

在海上用來纏紮頭顱遮風遮陽的布巾，有的被纏盤在鴨舌帽上，有的隨手綁在頸項，一個個在海上遮綁著的臉龐，都在等風的片刻挪開了面具。

老討海人的皺紋現出風霜式的勇武；年輕漁人油亮飽滿的臉頰帶著爆發似的殺氣。年輕人比較多話，大聲敘述著海上和旗魚的遭遇戰，拉不上甲板的魚總是特別勇猛碩大，老討海人任年輕人吹噓膨風，皺著眉頭像是在回憶自己曾經的海上歲月。

一位年輕漁人偶然說起：「奇怪咧，安怎北風起，旗魚才要浮？」

老討海人抓住話題，有的說旗魚出來戲浪，有的說起來吃浪……鏢旗魚鏢了那麼多年，似乎從來沒有一個共同的結論。總是北風起，浪濤湧聳如山，旗魚會浮出在浪丘斜坡，像是戲水衝浪，舉著鐮刀狀的尾鰭衝滑在浪牆上。

沒有北風，沒有高亢的浪丘，就沒有旗魚的蹤跡。老討海人都知道，旗魚還沉在水底，還在等待，等待北風來掀起高潮。

「飲酒，飲酒，煩惱免啦，等一下就來了。」粗勇仔拎著三瓶「稻香」跳進船舷。海湧伯轉身在冰艙裡提出兩條魚。萬來仔俐落的將魚隻去鱗剝皮，煮起一鍋水。添旺用打火機將酒瓶蓋子爽快的扳開，倒在兩個碗公裡。

船板是砧板也是桌板，生魚片切成厚厚大大塊，像麻糬大小，一塊恰好塞滿一口，一鍋魚湯冒著魚油腥香。

陽光懶懶、遲遲，像是知道了只是在這風浪休止的片刻客串演出，試探似的伸出柔和的光線觸手。海湧伯拏著碗公喝酒，不時微傾著頭，眼角瞄了一下天空。

酒精和熱湯蒸出船上的熱鬧氣氛，談話聲壯盛起來。像海湧伯這樣年紀的幾個老討海人，在這樣的氣氛裡仍保持著幾分慣有的陰沉。像是在旁觀這場熱鬧。一樣大口喝酒、大碗喝湯，老漁人的眼角裡閃擺著機靈餘光，像擱在鏢台上鏢尖綻露的寒光，像一隻拳握俯趴敏銳的貓，像倚在前線壕溝等待攻擊發起的戰士。

東北方天際，悄悄燃起一大片長條狀灰雲，似是萬馬奔騰踏出的滾滾塵埃。海湧伯緩緩走到船尾，握住提繩掏起一桶海水，將後船板上的魚鱗碎屑一把沖下海裡。

海湧伯回頭面對北方，沉沉的說了一句：「北風。」

談笑、喝酒，船上所有的熱鬧倏地僵凝住了，舉著筷子、端著碗公，船上每個漁人都翹起下巴看望天空。桅杆上的小旗子攣住風頭輕輕揚動了幾下；鳥聲由遠漸近，是驚悚急噪的節奏；菅芒白穗如少女溫柔的指頭，一下下搔扒著陽光餘暉；像一桶水沖過甲板，酒瓶、碗公、魚湯，兩三下收拾得不見了蹤影；像偷腥逃逸的莽夫，一個個翻牆跳回自己的船隻。

雲層跑動垂下低空，大隊兵馬衝向那仍斜掛在天邊的畏縮朝陽。

粗勇仔將帽簷上的布巾拉撐綁緊在顎下；添旺後曲起腳跟把千里鞋鞋扣牢牢扣住。船纜解開，排煙管吐出急喘的黑煙，引擎擂起，沸騰了寧靜的漁港。

船隻衝退、後進，挪開和船隊適當的距離後，斜身迴轉，衝出船渠碼頭。

綁在碼頭的船隊逐一鬆手釋放一艘艘聳湧的船隻，像一群脫韁野馬，像一根根蒲公英花絮，隨風飄去。

北風點燃了火索，點燃了漁人血脈裡的火花，音符急響驟起，飛身撲向那漩湧的峰頂。

一波高亢的浪峰舉在海上，漁船、漁人和水裡的旗魚全都急躁的往那峰頂衝刺，像是害怕趕不上海面的那場盛會。高潮就等著在北風峰頂集聚。

船隻衝出港堤，海湧伯站上高高塔台，指著北方白皚皚海面高喊：

「看吶，北風。」

船隻偏頭朝北，吐一口黑煙箭浪前進。

OCEAN
TAIWAN'S Ocean Literature

戰風浪

氣象預報有強大鋒面通過；破曉時分，鏢魚船漁人還是都來到港邊；討海原本就是戰風戰浪的行業。

黑底透灰，天色正在逆轉，東邊天際裂出朵朵沾了微光的烏雲，跑馬似的往南奔走。風聲呼呼響在空中，鋒面前哨已經抵達。漁船亮起暈黃尾燈，幾個漁人豎著衣領站在船尾用早餐。船身受風，繫住堤岸的船纜繃得挺直，似一只受約束但急欲飛翔離去的葉片。

老船長一邊套穿連身雨褲一邊說：「喫卡飽咧，等下戰風浪。」他背

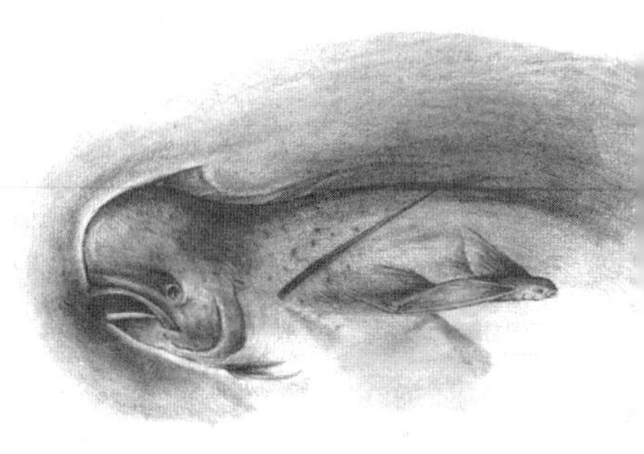

向曙光，雨褲颯颯飄動，恍如穿盔戴甲準備衝鋒陷陣的戰士。

解纜啟航，船隻失去了和穩固碼頭唯一的牽掛，北風便像無數個頑皮的孩子攀著舷牆魯推戲耍；鏢魚船舉著長鼻樣的昂挺鏢台，像隻解脫束縛的獸在窄仄的港渠裡伸手伸腳。

引擎倉皇嘶吼，船舵大弧搖擼，掌舵的老船長讓船隻急退倒走、盤住風勢低迴。鼻尖一個弧轉，驚險劃過鄰船艙頂，立刻一個頓顛，右船尾沉坐，船身打橫止住；風的縫隙不允許半秒鐘猶豫；引擎瞬即大力呼吼，船腹沸騰般滾出汩汩白浪，船尖側傾偏鋒，一轉迴繞，指住了船渠出口。

這陣倒走迴身、橫擺側衝，每一下都是為了在風的指掌裡突圍。這些衝突，算是發生在營區，發生在懷抱裡，而真正的戰場還遠在港渠外、堤岸外。

出了港渠，船隻順風沿著頎長的防波堤駛向港嘴。

船尾搧來的風，在航道水面撲成一片片飄走游移的風痕。綿綿風勢港區裡受到框限，無以興風作浪；港域受防波堤擁護，洶湧濤浪全被抗擋在外，有如懷裡的一鍋水。

防波堤長臂環抱，堤外風浪聯手在這道長臂敲出一記記悶響，恍如來自戰場的喧囂戰鼓。一牆之隔，船隊擺出陣仗，引擎呼吼，朝港嘴邁進；恍如敵軍來犯，船隊擂鼓聚集慷慨應戰。

水花極度挑釁，每一聲戰鼓隨後都激舉起長堤上一樹蒼白水花，那是數萬噸的忿恨，累積千百浬，而後孤注一擲的威猛。老船長將頭上的方巾繫緊，一臉嚴肅。

港嘴，陸岸懷抱的門口，船隻最是敏感；踏一步出去，已深深陷入。天色全亮了，海上空曠，風勢無遮無擋，浪頭都被他高高提著。不是衝入，而是陷溺，船隊一邁出港堤立刻陷入峰谷糾纏，受浪濤揉弄擺佈；如一道平穩的水流，忽然間落崖形成瀑布。

船隊如撒入風裡的芒絮，一下子便潰散不見蹤跡。

到底要舉成多高，到底什麼程度才算豪邁……浪頭完全無法自主……無影無形的北風暗自操縱著這一切。不斷的逗弄、鼓勵、吹捧；又瞬間變臉；轉而為摧殘、拗撕和捽打。一座藍澄澄水山蓄積生成，瞬間又瘋狂崩潰；以為還在高點，剎那已落成谷底。突起、暴落，這戰場沒有規則，毫無慣例。

船隻顛蕩南行，風聲追在後背，引擎所有的聲響這時只是掙扎吟哦。山脊湧浪從船尾推來，船尾先受抬舉，艄尖三十度角驚呼，俯探谷底。老船長十分明瞭浪的惡意，匆匆拉下油門，船身順著浪牆斜坡下衝；如陡聳浪丘裡的一小片衝浪板；如仰坐著並伸長了手腳，胡亂地攀抓、想煞住這場墮落。浪頭附和著風的意旨瞬間崩塌，滾滾白沫緊咬著兩舷喧嚷，船頭不安，不住左探、右探，像是在猶豫著避免永劫沉淪安全步下台階的方法。勢不可擋，船隻硬是在浪牆上搔刮出一道深白抓痕，匆匆衝落谷底。

山頭崩塌下來的白沫，鋪滿谷底，發出綿密的嗤嗤聲，像是嘲笑船隻的惶然，也為不能翻倒船隻而漾漾嘆氣。

後續的湧浪並不鬆手，谷底蒼白還未褪謝，新一波湧浪輕易的便追過船尾，又來扛抬船腹。以為在谷底暫停了，誰知手足無措的又被舉上危峭的峰頂；兩頭盡是深壑浪谷，恍如擱淺在山頭。老船長、老戰士，經驗豐富，隨即猛推油門，多少攀追住這波湧浪；怎麼可能，船頭立刻被高高舉起，船尾陷落，船身後仰；這時，船隻內在的任何努力，都不過是盡量攀上外在的走勢而已。

再次滑落谷底。

討海人把船隻順風背浪行駛叫「駛露尾」，意思大概是指船尾屢屢被湧浪哄抬舉起。老船長說：「駛露尾潛藏很大的危險，衝滑時，若慌張拉撐了油門，船尖可能刺入谷底，像一根針尖，整艘船將直溜溜的衝入浪濤的咽喉。」

駛露尾順風，老船長讓船隻高翹扭擺著屁股，一陣陣謹慎衝落。

船尾拖釣尾繩，甩擺了幾下，這時硬挺舉住。回頭看時，上鈎的這條鰹魚竟然是鑲嵌在隨後湧來的浪牆上；魚的位置遠高過船身，像飛在船尾。老船長要我去拉魚。我趴開腳步，俯扶著船舷向船尾邁步，像在爬一座山。

終於拉住尾繩，一把把拉牠下山。

船隻忽忽又被扛上峰頂，那條鰹魚降在坡下；這時居高臨下，我使力拉牠上坡。

反覆幾次峰頂、波谷互換，終於將這條不識時機的鰹魚拉近船尾，然後，一起衝滑到谷底。

老船長一聲驚呼——「丁挽、丁挽！」

船隻試著側風走偏鋒，慢慢向丁挽靠近。側浪湧推，船隻側傾四十度，鏢手和二手不顧一切登上鏢台，兩隻腳分別一長、一短，他們奮力平衡著船隻翻傾的角度。老船長大弓步扳推舵柄，幾乎是斜身伏貼著駕駛艙底板。

一波巨浪忽然側擊，船側一聲空洞悶哼，船肚子上像是被狠狠揍了一拳，船身因而側推了兩、三公尺。鬆手油線，浪濤張牙舞爪撲進船舷，像一陣急躁的暴風雨撲上甲板。這突然一擊，鏢台上兩人禁不住都狼狽的坐了下來。他們回頭看向駕駛艙，笑臉嘻嘻，不曉得是慶幸沒有摔落海裡，或是為旗魚的趁亂脫逃自我解嘲。

老船長重新站穩了腳步說：「我看，這種風浪，戰回去卡對。」

才轉過身，船頭頂風，風聲立刻淒嚎如鞭笞打在臉上，海面一片蒼茫，像水煮開了般盡是翻騰白沫，大海的藍色細胞，幾乎已被白花浪沫完全吞噬。轉頭間，順風、逆風，整個世界恍然都改變了。

北風緊得像一面牆，每一波正面襲來的湧浪，攀著了風勢，輕易都能潑進船舷。船頭撞浪高仰，然後猛烈下盪，重重劈砍水面。

鏢台屢屢切入浪裡，像把水瓢掏水，不斷的剷挖起滿匙的海水，拋向空中；北風順勢接住，賦予每一滴水珠散彈槍似的動能，然後朝向後頭的我們近距離扣板機。立刻一陣嗶嗶剝剝，臉上、雨衣上、窗台上，百孔千創處處彈痕。

頂風撞浪，討海人稱「駛正頭」。

船尖撞浪昂起，全身血液像是被拋在頭頂，「呀荷！」船上所有人不約而同高聲吆喝。不這麼叫一聲的話，心懸在半空盪不下來。船尖下掘，掐起的水花如一襲紛揚的白袍，迎風迅速往後覆蓋船身；船隻一頭水煙白髮，濛茫裡掙著脫出。

老船長始終保持笑臉。我想，沒有任何一座遊樂場的遊樂設施比得上

我們正面對的驚險刺激。當做是一場遊戲，我們是歡喜享受著劇烈的甩盪和撲面澆灌的水浪；但事實上，這不是遊戲，而是生活的戰鬥。風浪裡隱藏了極大的凶險，如遊戲般的笑容裡潛藏了多少深沉的憂慮。無論如何，我們都得咬緊牙，衝過一波波坎坷，拚回港裡。

我了解老船長的笑容，了解風浪裡的那一聲聲吆喝，那是討海人戰風浪時慣常裝扮的笑容；和遊戲時截然不同的笑容。

飛撲的風浪，如一群無孔不入的小蛇，從領口、袖口，不歇的鑽竄滲入。那是一條條涼颼颼、冰冷冷，不停蠕動的小蛇。牠們沿著背脊、股溝，沿著胸膛手臂，尋著溫暖之處便一路啃噬。船隻一波波撞浪，彷彿擺脫不了糾纏，一吋都進不得。港口遙不可及，我開始擔心，不斷被風浪吞噬的溫暖還能支撐多久。

老船長不時放掉油線，讓船隻隨湧浪漂上一波看似無法翻越的巨浪。船身骨骨震顫，引擎聲全被浪濤聲覆蓋泯滅。烏雲低飛，並未下雨，但撲上甲板的水浪四處流竄，鹹鹹苦苦的緊緊纏住船隻肆虐。

船隻恍若停滯在原地，反覆不停的衝浪、撞浪。

老船長慢慢將船隻切向岸緣，避開正鋒湍急的風頭和浪流，船頭不住扭擺，急風惡浪裡的方向舵被擠壓得陣陣吱響。岸緣河南寺山嶺邊矗立的觀音神像，大約一個小時前就側看著我們在風浪裡掙騰，爭戰了一個小時過後，才掙得牠正眼的垂視。

這時，陽光忽然撥雲探視，舷邊撲起的水花沾了陽光閃成彩虹，分別兩個半圓弧，彩虹延展在前舷兩側，如船隻增長了兩道翅膀。風浪並未稍減，持續沖撲著幾乎睜不開的眼，但我們都看到了彩虹。

「呀荷！」終於感覺船隻動了。

再回頭時，觀音神像已經轉著側臉落在船後。

船隻繼續戰風、戰浪，吋吋累積，朝向港嘴。

OCEAN
TAIWAN'S Ocean Literature

看魚

船尖拍出浪花高仰沖天。浪脊湧過船底，船尾驟昇，像拉住腳跟懸在峭壁上奮力止住衝陷的一頭山羊。船尖就要刺入水裡。「啪嗒！」一陣震抖，船尖劈浪再次仰起。

我心裡想，再也沒有比海上更崎嶇坎坷的過程。

除了我偶爾還會分心看向船尖劇烈的起伏，同樣站在塔台上的海湧伯及其他兩個同船夥伴，他們眼光散放四方，似乎一點也不在意船隻危聳的俯仰。

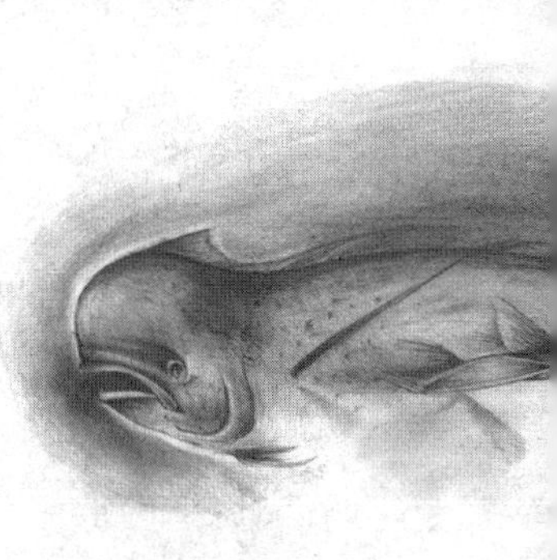

旗魚汛季，我們出海鏢獵旗魚。鏢魚是種相當原始的海上捕獵，除了船隻動力，鏢獵旗魚沒有其他機械和儀器可以依賴，鏢魚漁人憑藉的是手臂的蠻力，是風浪甲板上站得穩當的腳力及能在茫茫海上看魚的眼力。

看魚，在海面上發現旗魚，是鏢魚的第一個步驟。

隨後的追逐、擲鏢和收獲全是從看到魚的剎那才得以爆炸延展開來。看到魚，就像是點燃了鏢魚的火索引信；看不到魚，船隻只得像個海上浪子在風浪裡徘徊躑躅。有時我們巡航一整天，一條魚也沒看到，空手返航途中，海湧伯總會嘆口氣解嘲似的說：「啊，又是清明一趟。」或者說：「啊，太平囉。」當別的鏢船看到魚、鏢到魚而只有我們空手返回時，他會用責備的口氣說：「眼睛全放在褲袋底，一趟白水。」（清明、太平、白水，都是白忙一場的意思。）

這個季節北風強盛，浪脈湧聳如山，一眼望去，船隻周遭無論是有生命的、無生命的，全都以動的形態呈現。翻頂的水波像一朵朵巨大的白花，撲滾出嘩嘩浪聲瞬間綻放，而後嘆著氣崩潰，花開花謝都在轉眼抑揚的風聲裡。

漂流海面的空瓶空罐，都被風浪賦予了活絡絡的生命，在海面旋滾；懸浮水面的塑膠袋、漂流木，都像長了胸鰭尾翼在水裡搧擺游動；保麗龍、紙盒，練就了一身功夫，踏點著水面飛奔；浪花被風的鋒刃切割，一切為二、二切為四……終於紛飛奔走輕盈如塵粉飛揚。

我們看魚，得在這全然動態的世界裡翻尋異常的動靜，我覺得看魚的本領和視力無關，那幾乎是一種直覺，一種討海人和旗魚命運一氣的直覺。

旗魚會在浪牆斜坡上把尾鰭切出水面，像一把稍稍後彎奔跑的鐮刀刀刃。如同驚嘆號的上半部忽而切出，忽而沒入，輪替著在海面切出一道纖細的弧線。壯碩的旗魚會把尾鰭舉出一尺左右的高度，大部分旗魚只是像筷尖或是芒草葉尖，輕盈間續的點撥海面。有許多時候，尾鰭並未舉出，整條旗魚看起來只是一長條在水面下急走的紅褐色魚影。

初初跟著鏢魚船出海的那個漁季，我問過幾個鏢魚老手：「到底切出海面的尾鰭是什麼顏色？」答案似乎並不肯定，銀白色、灰黑色、紅褐色……即使在經歷過幾個漁季後的今天，若是要我回答這個問題，我還會加上更多種顏色，或許我會說：「有時是銀灰色，有時是青藍色，有時又覺得帶點紅色。」牠們變化多端神出鬼沒，那切出水面的尾鰭不是我們眼睛能夠分辨的顏色。

說牠透明如海水，隨著善變海洋變換面貌可能比較恰當。牠們像一片樹葉懸藏在蓊鬱森林底色裡，而我只能用眼尾瞥掃的直覺來抓住牠在我心裡的顏色。牠只是一個影子，一個失去及擁有各種顏色的影子。

有一次傍晚，我們追丟了一條魚，走下鏢魚台的海湧伯搥著大腿說：「幹，跑進去日赤底。」旗魚躲閃進入夕陽熾閃的波光裡，像是披上了一件隱身披風，我能感覺到，牠的尾鰭舉著海面上千萬朵日赤紅光，悠然離去。

我兩眼視力都是一・五，初初上船時自信滿滿，我打算要看到比其他鏢船漁人更多的旗魚。

兩年漁季結束後，我竟然沒有看到半條旗魚。兩年將近六個月的漁季，竟然沒有一條旗魚是因為我的發現而被追逐鏢獲。

看得到魚，是鏢船漁人的基本價值。對於我兩年盲眼般的空白成績，海湧伯和其他同船夥伴都只是寬容的說：「目色還沒適應，嘸要緊啦！」

我記得是從第三年漁季開始，海湧伯的要求變得嚴厲不再寬容。第三年漁季經過了大半，船隻遭遇過十幾條旗魚，而仍然沒有一條是我發現的。

雖然在追魚過程中，我已經偶爾能瞥見奔游在船尖前頭的魚尾，不再像過去兩年，從同船夥伴嘶聲吶喊發現旗魚開始，船尖破浪追魚、落鏢、走繩、拉拔，直到這條旗魚失去生命被拉靠在船舷邊，我才看到了旗魚，才看到了牠不再變幻顏色的尾鰭。那時，我懷疑自己是否無緣看到奔走的旗魚，無緣看到活生生變幻顏色的旗魚尾鰭？

海湧伯的臉色越來越難看。

第三年漁季結束前，我發誓，無論如何就是要看到自己的魚。

無數次，我在塔台上模擬那根尾鰭出現在我的眼眶裡。我要用蓄積兩年多不曾喊叫的氣力，喊叫出火山爆發般的渲洩；我的手指要鏢尖般直挺挺指住我看見的魚；我要用所有火燒的氣焰跺斷塔台底板。

海湧伯大概感覺到我內心裡的騷動和氣憤，轉過頭對我說：「幹什麼？專心看魚。」

眼睛被風吹得乾澀酸痛，還是睜大眼睛穿越風底和燦麗陽光裡的芒刺，死命瞪看海面。臉上粗砂砂都是結晶的鹽粒，這時候，我會張大嘴巴打個超級大呵欠，不是瞌睡的呵欠，只是奮力張大嘴巴擠迫眼簾像隻大大張口的河馬，眼淚會這樣硬被擠壓出眼眶。眼淚是最好的眼藥水，眼球像一顆火紅的炭粒，「嗤」一聲，讓湧出的淚水來冷卻，讓眼球瞪著看魚的酸澀都能在淚水裡得到滋潤和撫慰。

有時，當淚水枯乾擠不出來時，我會用手指沾些口水抹在眼縫上。

但，仍然看不到旗魚。

遙遠浪頭上浮浮露露的一截漂流枯枝我都清楚看到了；單隻翻覆漂流長滿藤壺的拖鞋，幾百步距離外，我就發現了；看到過水面下游走的一隻大魟魚；看過小魚群竄游舷邊；也看到過一條才三十公斤大小的青鯊尾鰭，不曉得為什麼，唉，就是看不到旗魚。

海湧伯取笑的說：「阮攏看兮挪去（檜木材），你那會攏看杉仔摳（杉木頭）。」他也常取笑兩眼通紅的我說：「哪，干吶紅目兔仔。」

海湧伯常用：「夭壽，這個人目色真利。」來讚美一個鏢船漁人。

港區有位阿美族青年，名叫海牙夕，海湧伯常常說到他。那天，我們的船隻外側大約三、四百公尺距離，走著海牙夕的船；我轉頭恰好看到海牙夕衝上他的鏢魚台，兩手持鏢，身體半蹲，鏢尖昂起，像是遙遙指向我們的船身。「不會把我們的船看做是旗魚吧？」我心裡才這樣想，海湧伯鬆掉油線，大聲喊：「注意看咧，一定就在咱附近。」

我踮起腳跟，瞪大紅紅的兩眼，來回搜尋船邊水面，還是沒看見。海牙夕擎著魚鏢，已經遙遙指出旗魚應該就在我的前方位置。這或許是個讓我打開僵局看到旗魚的大好機會。

海牙夕的船，領著一團黑煙朝我們舷側衝刺過來。

我們四個人八顆眼，隨著海牙夕船聲漸近都瞠大了眼珠子環視船邊海面。

越是緊急，眼光越是飄浮閃爍，我們都沒有看見任何旗魚蹤影。

海牙夕的船隻火速衝近我們船尾，並切穿我們船尾。就在我們眼前三十公尺處，他一點也不留面子的擲下鏢桿。

那天，被海湧伯罵得悽慘，我看顧領域內的旗魚，竟然被海牙夕這般遙遙侵犯過來，並如此眼睜睜的被他搶走。

「眼睛被屎糊到。」海湧伯很少這麼不留情面的斥罵。

海湧伯指責我看魚不夠「堅心」，他說：「眼睛柴柴怎麼看得到魚？」

我經常會被海面上異常的動靜吸住了眼光。船尖撞浪激起的壯觀水花；如煙火硝花驚起四散的飛魚；鬼頭刀躍水如一把把劈水的刀斧；海豚露出頑笑的眼睛……這些海上景象，都會在我心裡滋生出徘徊不去如詩如歌般的樂曲，並牢牢扣住我所有心神。

或者，當鄰近鏢船持鏢追魚，那心驚動魄的追逐和殺戮，都會讓我想起古戰場上萬馬奔騰的廝殺場景，心紘浮動，我的眼光常離不開那艘鏢船和旗魚間的悲壯糾纏。

海湧伯指責的聲音，總會適時如一桶冰水澆灌在我如火焚燒的胸腔裡：「看什麼？看你的魚！」

其實，大部分塔台上的時間，我都在認真看魚。偶爾把貼黏在海面的眼光強力拔起，我會錯覺整個天空都在漂流，錯覺海岸邊的山脈都化做一股股巨大的波峰傾斜湧動。我感覺兩顆眼球都漲裂破碎了，只是被血絲紅網勉強包裹住球形外狀。許多錯覺像魔鬼的舞蹈，像天上沁漏的天音，錯愕、驚喜、虛幻，就像海上的魑魅，不停的阻撓跟擺弄我看魚的堅心。

有次出航不久，海湧伯拿出一張符咒，叫我在水桶裡燒了。叫我用桶裡的水洗手洗臉，用摻著符咒灰燼的水洗洗眼睛。這時，我想到「開光點眼」這句話。心裡明白，這個漁季如果再看不到旗魚，我就得在下個漁季離開海湧伯的船。沒有一艘鏢魚船能夠長久容忍一個看不到旗魚的海腳。

那天，風力減弱，海面上只剩幾朵白花點綴，浪峰浪丘陪伴北風盡興的狂舞幾天幾夜後，都疲憊的將要歇息，海面沉穩若一床寬大的被衾。旗魚下潛，鏢魚船全都落寞寂靜的打橫放流。

海鳥遠遠啼叫，似夢境角落裊裊的鼻息。我坐下在塔台底板，頭靠住欄杆，朦朧裡彷彿聽見海湧伯說：「今天是太平了。」

眼皮沉重下垂，似有一根旗魚尾鰭晃閃在我短促的夢裡。

牠悄悄的來了，在陽光閃耀光線芒刺浮動的水面上，牠輕巧撥動水紋，似是特地為我而來。

海湧伯沒有看到，其他同船夥伴也都沒看到。悄悄的像是夢裡的囈語，悄悄的像是在我耳際輕聲低語，悄悄的像是要喊醒我兩年多漁季裡綿長抑鬱的夢。

睜開眼睛，恰好看見牠浮游在我眼前欄杆框住的一小方清藍海水裡。是牠悄悄游進我的框格裡，彷彿從我失意的夢外，舉著一蕊火苗，闖入我一直看不到魚的黑暗夢裡。

這條是我的魚，牠悄悄敲響了我看魚命運的門扉，用力翻騰我胸腔裡的一池子海水。

所有為了看到這條魚長久累積準備好的激情，全都在我看到這條魚的剎那，被這條魚的從容悠游掩平了內心裡的所有坑凹，被牠完全瓦解了心裡火山爆發般的氣勢。記得，我只是平靜的回過左手拉扯海湧伯的褲管。

「那裡，在那裡。」我的聲音很低，指著魚的右手手指帶著遲疑的溫柔。

第三個漁季結束前，我看到了我的第一條魚。

OCEAN
TAIWAN'S Ocean Literature

鏢手不見了

秋風起，漁港扛上來今年漁季第一條旗魚。恍若序幕掀起鬧場鑼鼓般，鏢手對著圍觀的人群熱情敘述鏢獵這條旗魚的經歷。

鏢獵旗魚是所有捕魚方式中最原始的一種。追逐、吶喊、拉拔，嚎嗔的北風和滔天巨浪是故事的基礎背景，鏢手的陳述通常這樣開始：「啊，在那、在那，在我們正頭前舉尾（鏢手伸長手臂，指住發現的旗魚，語調輕細，像是怕嚇走那尾旗魚），尾鰭剖開水面，阿娘喂，整尺高，我心裡想，這條兩百公斤超過。哇，一顆紅鮮鮮衝過來，旋過來。船仔趕緊跟著旋過來（語氣漸高，開始追逐）。阿娘喂，干吶噴射機著飛，直直去啦。
膾活啦，魚仔走正頭（頂風），湧龜一舉，鏢頭整個舉佇半空頂，阿娘
喂，鏢頭盪落來，心肝干吶呀留佇半空頂……」

每年這個漁季，總會有幾個鏢手折斷腳骨，也總會有幾個鏢手被狂奔
若利刃的鏢繩鏤割出見骨的創傷。別小看經常在港邊走動一顛一跛的那位
瘸子，當年也是持長鏢站鏢頭海上叱吒一時的鏢手。只是，他們心底已經
烙著傷痕。多少鏢手酒後興起，捲起褲管衣袖，相比勳章似的鏢魚疤痕。

每道傷痕都在訴說著一場又一場的鏢魚傳奇。

船隻頂風破浪航行，搭設在船尖的鏢魚台（討海人稱「鏢頭」）一下
下舉浪仰起半空。浪峰一過，鏢頭劈浪砍下，撞打海面浪花。這起落不過
剎那間，俯仰往往超過三、四公尺。鏢手站立在鏢頭前端，僅兩隻腳板套
在被稱做「腳籠仔」的帆布套裡；鏢手兩手持鏢，四周全無遮欄依靠，當
船尖拍起、砍下，鏢手像是在海上表演特技的空中飛人。

追魚時，船隻若轉頭順風，船身像是被後背湧來的巨浪擷抓住，左
搖、右扭，左舷切浪才起，右舷翻俯擦掠水面，船隻咿呀、咿呀響個不

停，像是不堪被湧浪折磨發出的呻吟。這時，鏢手得一隻長腳一隻短腳互換，十八尺鏢桿像一隻走鋼索用的平衡桿，鏢手得使勁平衡左右甩擺的落差。

鏢手最怕側浪突襲。

往往重重一聲悶響，側浪擊中舷牆，船隻的胸膛像是著著實實挨了一記重拳，船身無預警地橫側盪開數公尺，鏢手重心早已落出船外。若是經驗豐富的鏢手，還能沉著柔韌地讓身體重心追上已經跑開了的兩腳。有些鏢手筋骨太硬，硬撐著震傷、震斷了腳筋。最怕經驗不足的生手，心一慌，脫掉一隻腳套，剩下被套牢的另一隻腳踝就得承受失去重心後的所有狀況。

旗魚沒有風浪顧慮，在水裡牠可衝可撞，沒有波浪攔得了牠，船隻發現旗魚蹤影後往往火燒樣的跟緊獵物，對鏢手不利的惡劣狀況，在這追獵當頭時常被忽略了。曾經發生過兩艘同時追逐同一條旗魚，最後兩艘船撞在一起，兩船的鏢手、二手（蹲伏在鏢手後盯緊海上奔游旗魚並不斷打手勢告知駕駛操船方向和動力大小的漁人）通通跌落海裡，那場事故一共斷了好幾雙腳。

去年漁季，我們船上發生了一起意外。事隔一年後，那意外發生時的場景仍然歷歷在我眼前，恍若伸手可以觸碰的疼痛。

那只是一條小鯊魚，重量不超過五十公斤的一條小丫髻鯊，船隻發現他，並追住牠盤繞。

擔任鏢手的是阿宗，我貼在他身後充當二手，在後頭駕駛艙裡操船擺舵的叫塔克，是阿宗的哥哥。

這是個臨時組合。

前一夜，我和阿宗出海放網，天亮回港後無緣由颳起一陣北風，我們坐在舷板上眼睜睜看著十數艘鏢魚船興匆匆出航。阿宗臉上現出躁急神色，轉頭問我：「來去？」

我心裡想，我們的鏢手萬來仔沒來，阿宗雖然曾經鏢過魚但並不熟練，尾甲板上又滿載沉甸甸大網，船隻重心會因為這些網具而抬高，船隻受浪將搖晃得厲害，況且，單單兩個人操作一艘鏢魚船似乎也單薄了點。

猶豫間，塔克恰巧從港堤上走來，兩手插放在褲前口袋一幅悠閒模樣。塔克是個老討海人，除了站鏢頭鏢魚不會，樣樣都很有經驗。

阿宗似是了解我的猶豫，看到塔克走來如獲至寶親暱的喊了一聲：「阿兄。」（平常時，沒聽過阿宗如此稱呼他的哥哥）。

匆匆出了港後，阿宗才分派職務，他鏢魚，我當二手，塔克擺舵。北風微，風浪不大，日頭花燦燦時隱時現，船隻順風往南，船尾漁網重量下壓，鏢頭似乎挺得特別高翹而且左右搖晃不定。

午后，風力漸增，我們在海岸山脈北端海域追上這隻小鯊魚。

阿宗意氣風發站上鏢頭，我蹲伏在他身後兩眼死死盯住船前那尾波閃的鯊魚。

沒想到小鯊魚身手輕巧俐落，不住地打擺迴旋。左探右探，一道右弧線小鯊魚迴身朝北，我掄動右臂像一只風車示意船隻急轉急上。

船隻斜身尾沉，若一具圓規打圓掃轉，海面汩起一泓圓轉白波。

這時，一記側浪突然撞上已經翻昂的左舷牆。

悶聲一響。

我本能反應，兩手鉗子般抓牢鏢頭側緣，兩眼仍盯緊海面那尾鯊魚奔走。這一襲側浪，船隻似乎受阻停住了，那尾鯊魚就在鏢頭右下方。

真是個出鏢的好時機。

一秒鐘、兩秒鐘，我等著長鏢桿直挺挺釘在鯊魚背脊上。兩秒鐘、三秒鐘，我心裡想，阿宗為何沒把握這出鏢的好時機。四秒鐘、五秒鐘，鯊魚晃扭身軀又將右旋轉頭奔去。這大好機會，眼看著就要像慢拍快放的花朵，短短幾秒鐘內從含苞到凋零。

「阿宗衝啥小。」我心裡嘀咕，一邊狠狠罵著，一邊抬頭。

眼前竟然空盪盪一片。

原本在我跟前的鏢手阿宗，大衛魔術似的消失不見了。

鏢手不見了，阿宗不見了。

右腳帆布套空著。

我還反應不過來是出事了。

左腳帆布套裡留著阿宗的千里鞋。

喔，不！是他的腳板。

一隻褲管扭折在腳板上，那是叫人看了心慌心碎的扭折角度。

阿宗整個人倒栽掛在鏢頭下，只有左腳踝連接鏢台。

那絕不是人體能夠承受的扭折角度。

那是叫人眼睛滴血的疼痛視覺。

我慌亂的俯趴在鏢頭上，探身下去，想拉住倒掛在鏢台上的阿宗。

阿宗沒有聲音，連一句呻吟也沒哼出。

他臉色死白，身子晃甩試圖往上翻起，恰好我俯下身，一手拉住他彎腰甩上來的手臂。

我與他臉跟臉相距只有一尺，我看到阿宗臉上擠滿凹刻扭曲的皺紋，每一道皺紋都在波動變化，都在訴說著痛，他沒有發出一絲聲息，連一聲最根本的嘆氣也沒有。

我感覺到連接在鏢頭帆布套裡的只是一根空殼褲管，或者，只是一根撕扯欲裂的皮肉。我喘吁吁地一手拉住他的衣袖，一手抓住他的領口，我必須盡快拉他上來，必須盡快終止那看了叫人暈眩的疼痛。

不曉得是心慌還是錯亂，我用盡了所有力氣也只能將那臉跟臉間一尺距離拉近一些些。我完全無法稍稍舒緩他扭折的疼痛。

那樣近切的距離，當阿宗眼睛無奈的閉起來的瞬間，我真的害怕他就這樣死去。

當他眼睛張開，那對望的眼神中我感覺到他要告訴我什麼。

我將永遠無法忘記那一張臉，底下就是白波浪濤，我發現我是在懸崖邊、在地獄洞口拉住一個已經失足墜落的人。

我意識到若我撐不住鬆手，阿宗將化作一道長聲哀嚎從此消失不見。我知道絕不能放手，但我不曉得該怎麼辦。

背後伸過來一雙手，是塔克的手，這時我才恍然想起船上還有一個塔克。

我和塔克兩人喊聲使勁，硬是將阿宗給拉上鏢頭。

坐在鏢頭上，阿宗捂著左腳久久才嚎出一聲：「拗斷去嘍。」油門催緊，船隻匆匆返航。

阿宗的左腳踝腫脹得像塊麵龜，像一塊暗紫色的麵龜，他必須盡快送醫。

阿宗坐在駕駛板上，臉孔朝後，眉頭皺縮沒說一句話，塔克猴急擺舵，還騰出一張嘴嘀咕罵我：「二手怎麼做的？二手要注意鏢手的安全。」

船隻飛快奔馳，心情如那忐忑不安的海面，不曉得阿宗還能忍耐多久。

沒想到，回頭奔向港嘴五分鐘不到，阿宗瞇著眼，抬手指向船尾有氣無力的說：「啊，丁挽、丁挽（旗魚）。」

我回頭順著船尾波光看去，似乎真有一根尾鰭，在尾後剖切船隻掃出的波峰。

我心裡想：「不要了，不要了，就是再大的旗魚也不要了，腳斷成這樣了竟然還會看魚。」

「旋過來，船仔旋過來。」阿宗提高聲調說。塔克不從，阿宗竟然半回過身作勢要搶奪舵柄。

船尾大約五十公尺外，十分明顯，一根灰皙皙尾鰭在海面上左撇右撇；果真是條旗魚，而且是條大旗魚。

我用眼角和塔克對了一眼。

「啊，緊回轉去卡對，腳骨卡要緊。」塔克試著說服阿宗。

「旋過來啦，旋過來啦。」極不耐煩的命令口氣，好像斷了腳的人講話就可以大聲。

拗不過阿宗，船頭只好回轉朝南，挺挺往那根尾鰭追去。

這如何是好？船上唯一的鏢手斷了腳，我和塔克都不會鏢魚，這是艘沒有鏢手的鏢船，好吧，即使順利追上這條旗魚，又能如何？

船隻幾番扭擺衝浪，有點莫名其妙的竟然就泊近追上了這條旗魚。

阿宗單腳站起來，跛腳公雞似的，在甲板上往鏢台跳、跳、跳的跳過去，並且激動嚷著：「我來，我來。」好像忘了他只剩一隻腳，這也讓我懷疑阿宗的理性跟他那跟腳踝一起給折斷了。

我和塔克一人一手強架住他，塔克叱聲罵他：「跛腳啊你知否？」

拗扭了一陣，好像也沒其他辦法，塔克只好自告奮勇充當鏢手，吩咐我仍然當二手，阿宗坐在駕駛板上擺舵。

臨上去鏢頭前，塔克還不放心的回頭對阿宗說：「可以嗎？」我心裡想，他應該問問自己才是。

這怎麼可能？這樣的組合怎麼可能？何況船前游的是一條並不怎麼安分的大旗魚。

追了足足三分鐘，那尾旗魚和船隻保持一定距離翩翩游在船前。

我想起方才出事時塔克責怪我的話：「二手要照顧鏢手的安全。」此刻，塔克充當鏢手站在我面前，但我的確不曉得如何來照顧他的安全。讓我更害怕的是，萬一塔克從鏢頭上忽然消失不見了，我更害怕「鏢手不見了」歷史重演。

只好，伸出一隻手，像老鷹抓小雞的爪掌，我把塔克背後衣服牢牢抓成一槖。

鏢手出鏢需要臂力、腰力，通常鏢手被這樣抓著，被這樣束縛，根本無法使勁擲鏢。但塔克似乎並不反對我這樣牢牢抓住他。

旗魚在船前身影一閃，消失在海面上。

我急急拉了一下鐘繩，船隻會意停泊下來。

塔克生疏僵硬地握持鏢桿，鏢桿足足有十八尺長，鏢尖下垂幾乎就要刺到水面。

我們停下來找魚，阿宗從駕駛艙跳下來甲板，三個人五隻腳左顧右盼，我們知道旗魚就在附近。

怎麼可能？我心裡仍然不具絲毫信心能夠得到這條魚。

怎麼可能，我和塔克同時看到了，那條旗魚竟然乖乖傻傻的，哪裡不浮偏偏就浮在鏢頭下方，就浮在塔克鏢尖下垂指住的海面。

牠有備而來，彷彿就是為了要來承受這一鏢。這一刻，我開始相信命運。

我也確信，今天，我們將得到這條魚。如同阿宗這一趟出海，就注定了專程來拗斷一隻腳。

我搭鏢魚船三年來，從來也沒看過這麼乖，這麼自己送上門來的旗魚。

難道牠是為了補償阿宗的意外？

難道是，牠也設下陷阱要來誘惑塔克的腳？

我又轉而不安。

只好，我將塔克抓得更緊了。

當塔克緩緩將鏢桿抽離水面，我知道那不是鏢魚，塔克打算像搗米舂那樣的，把鏢尖直接搗入這條旗魚的背脊。

一秒鐘、兩秒鐘過了，塔克還不出手。

我只能死命將塔克抓得更緊，我不想看見鏢手不見了。

兩秒鐘、三秒鐘，塔克還在猶豫，還在瞄準，我們都缺乏信心。

那真是彆手彆腳的拙劣姿勢，塔克出手了，那不叫鏢魚，根本是抽一口氣隨便就給它去啦的拋出鏢桿。

問題是，旗魚在塔克出手瞬間跑了，並且，拉住我們的鏢繩瘋狂地往前奔去。

我再也顧不了塔克的安全，一鬆手急急跑下前艙甲板準備承接飛奔的鏢繩。

阿宗似乎忘了斷腳的疼痛，臉上綻開了斷腳後的第一朵笑靨，跳著、跳著，跳過來問我說：「多大？多大？」

我們都忘了塔克是否還在鏢台上，好像鏢手鏢到魚之後，就是不見了也無關緊要。

這條旗魚很大、很長，拉上甲板後，牠的嘴尖和尾鰭恰好頂住前艙甲板的頭尾。

阿宗跳前、跳後沒有一刻閒著；塔克一直憨憨傻傻，像是堪不起竟然就這樣鏢到一條大旗魚，也好像是不堪承受這一趟船的波折。

上岸後，阿宗不急著就醫，在港邊一直待到這條魚拍賣完畢，才說：「命運注好好，斷一隻腳換這尾魚。」

塔克那頭聚了一堆人，頭一次當鏢手就離奇地刺到這條大魚，他有本錢誇張地敘述這段歪折曲扭的鏢魚傳奇。

OCEAN

TAIWAN'S Ocean Literature

卷三·
海洋雜記

海湧伯曾經和我說：

「跟我討一年海，你會溶在海底，你會明白海上的花朵，什麼時陣開，什麼時陣香。」

OCEAN
TAIWAN'S Ocean Literature

魚血

手上、身上常沾著血；魚冷冷的血。

每次海上回來，上了岸便是有急事，也得先洗澡換衣服，因為，船上穿的衣褲常會帶著血漬和即使相隔三公尺外也會汩汩散逸的血腥味。

大多數被拉上甲板的魚，都會火爆地掙跳，彷彿想為即將終了的生命留下一點記號，這時腥紅的血是牠們生命僅存的顏料，那是毫不珍惜揮霍式孤注一擲的灑出，在甲板上、艙牆上，在我們全身上上下下留下牠的生命記號。然後抽搐著死去、失血蒼白地死去。

無論天候如何，船上的海湧伯習慣穿著連身雨褲，除了擋雨、擋風、擋浪，很重要的是用來擋血。老討海人上船時，手上往往拎著一只「嘎笈」，裡頭少不了的是這件雨褲和頭巾。他們不叫作雨衣雨褲而稱為「油褲、油衫」。海湧伯常跟別的討海人說我：「這個人真勇敢，油衫褲攏免穿。」把我說成好像是個嗜血的人。

用起重機才吊得上甲板的大魚，通常比較不會翻跳，好像空氣裡牠的體重反而是牠沉重的負擔。我們最常捕到的大魚是「黑魟」。那真是一艘美麗的飛行器，所有圓滑的弧線都被牠用在身上，背色純黑，腹側純白，是一條爽快悠美的大魚。牠俯趴在船上，兩片翅翼一下下拍打船板，發出「砰！砰！砰」持續穩定的拍打節奏。聽得出來那不是掙扎的聲音而是抗議的聲調。顯然是故意的，是牠故意要敲在漁人腦神經上的抗議聲。

海湧伯握著尖刀過去，半跪在牠身上，在牠頭胸之間，一刀刺入直沒刀柄。

尖刀拔起，像拔開了火山口的栓塞，血漿泉湧噴出，腥風血雨如浪花紛飛。像是終於吐出了鬱積在胸腔裡的一口怨氣，魟魚不再敲打船板，靜靜的躺在大片血泊中。

我問海湧伯，這一刀究竟是殘忍還是仁慈？

海湧伯直接反問我：「死肉？還是活肉？」他刺魚時的凶煞模樣浮現在我眼前，我沒敢多問。

很久一段時間後我才明白，魟魚放了血後，肉質較有彈性較爽口稱為「活肉」；含血死去的魟魚，肉質黏黏糊糊叫做「死肉」。

原來，無關殘忍或是仁慈，海湧伯這麼做只是岸上海鮮消費者的需求。

每次手上沾過魚血，就會覺得指尖的觸覺變得特別敏銳。手指觸摸臉上，平時感覺不到的坑凹都能在觸覺裡呈現。我曾經這樣懷疑自己：是否我的手不時需要血腥來滋潤。

鯊魚最耐，無論用什麼方法捕到牠，無論牠在海水裡流失了多少血，拉到船舷邊時，一定還活蹦亂跳，一定還張著大口舞甩著滿滿一嘴尖牙，彷彿不報復地咬住什麼不甘心似的。

曾經有艘船，以為鯊魚已經死了，拉放在舷板邊，一位漁人從旁走

過，牠忽然飛起來，像火燙著了屁股似的飛起來，一口咬住漁人大腿，不要命的撕扯甩動，直到扯下一大塊腿肉、扯出一地溫熱熱的血，牠才含笑繼續死去。

因而，鯊魚被拉靠在船舷邊時，短棒、短鎚，所有船上能握住敲打的工具，全都「噗噗、叮叮」一陣陣敲打在鯊魚被拉提在水面的頭殼上。「幹！幹！」一邊捶打一邊斥罵，用盡氣力十分野蠻的一陣捶打。

旗魚很乾脆，幾乎把所有生命的液體全都留在海水裡，把所有受創的掙扎都埋藏在海水裡進行，彷彿牠覺得，把垂死掙扎的模樣現露在敵人面前是生命最大的恥辱。船隻是牠的棺槨，上船前牠得保持姣好的遺容，像棺木裡化過妝的屍首。

被拉近船邊的旗魚，都只靜靜躺著，姿態雍容高貴，好像在示威似的告訴漁人：「你們只能抓到我的身體。」

沒有一滴血，就連受創的傷口也是很有尊嚴的綻翻著蒼白碎肉，沒流下一滴血。

手臂提得上來的魚，血水最多。鰹魚會像一陣急鼓顫打船板，全身繃緊像一根電痲痲的按摩棒，血水從鰓蓋邊抖出，噴濺起的血滴也都痲痲顫顫，像是長了牙齒般一路沾黏啃咬。鬼頭刀最是蠻橫難纏，牠猛爆翻跳，像一頭瘋狂蠻牛。

有一次，我費力的拉起一條咬中尾繩的鬼頭刀，是一條十公斤左右的公魚。牠表情像個抵死不從的戰犯，把在水裡爆炸似的游速任性地在甲板上撒野。牠狠狠咬著魚鈎，身體彈起甲板足足兩尺高，抽長的身軀像一把刀斧在甲板上踢掃。

看我彎下腰去，海湧伯回頭提醒我：「卡小心咧！臉被搧到會烏青。」

可是，無論如何我得先拔下牠嘴裡的魚鈎，才能重新把尾繩放下船尾浪裡。我在寬闊的後甲板上追著牠轉，學老討海人制伏鬼頭刀的方式，先伸出腳掌想將牠踩在甲板上。可是這條鬼頭刀相當帶勁，左舷翻蹦著跳到右舷，右舷又翻躍著跳回左舷，平常時候搖晃甲板上要站穩腳步都還有得考驗，何況要去踩住一條活蹦亂跳的鬼頭刀。

「咚！咚！咚！」牠甩頭自殺似的猛力敲打船板，「咚！咚！

咚！」鮮血迸出，鬼頭刀滿頭滿臉，我渾身上下都是斑斑血跡。拉放在船尾角落的漁線被這條鬼頭刀這陣亂跳攪亂，紊亂地糾結在整片尾甲板上。

海湧伯轉頭看著這場混亂搖了搖頭，臉上現出鄙夷的訕笑。

惱羞成怒吧，像是要踩死一隻閃躲的蟑螂，我舉著腳一步步跳著，一路踉踉蹌蹌在尾甲板上追著一條鬼頭刀舞蹈。

「衝啥小？」十分輕蔑的語調，海湧伯看不過去隨口罵了一句。

好不容易，終於在右舷角落踩住這條鬼頭刀的胸腔，牠尾鰭仍然昂彎掃擺，一下下打著我的小腿。我狠狠踩住牠，用我全部的體重和全部的力氣，彷彿不這樣使勁踩著就無法挽回被牠耍弄而失去的尊嚴。

被我狠狠踩著一陣子後，這條鬼頭刀終於停止拍打，安靜認命地張開大嘴，像躺在牙醫療理椅上等待被料理的病患。牠淋血的頭顱上，眼珠子仍眨閃著倨傲和怨恨。我趁機出手，將露在牠嘴角的鉤柄往下用力一扳，「咔啦」一響，像是折斷了牠的下頜骨；鉤尖露出。

我腳掌離開，這條鬼頭刀瞪著眼動也不動只氣呼呼喘著。牠身上印著一塊清晰的鞋痕，像是因為這場纏鬥而烙印在牠身上的鎮符。

我再度俯下身，想擦拭掉矇在牠眼珠子上的血水，指尖才一靠近，牠忽然彈跳起來，我感覺到幾滴冰涼涼的血水噴濺在我臉上，有一滴血還趁機衝進我受驚張開的嘴裡，一陣腥甜在舌尖暈染。

鬼頭刀一下跳進我的懷裡，牠的齒尖恰好劃過我的指頭，我本能的閃頭閉眼，往後翻倒。

張開眼睛時，發現我右手拇指滴著血，恰好滴在我懷裡這條鬼頭刀的嘴角。

就這樣的姿勢，我看著牠死去，看著牠眼神變得溫柔安靜的在我懷裡死去。

我身上猩紅花斑全是這條鬼頭刀的血，我的舌尖還留著牠的血味；牠也嚐過我的血，滿意的死去。

「衝啥小？」海湧伯又罵人了。

漁船靠岸，把漁獲卸下在漁會碼頭，魚隻都保持著死去時的姿態，僵硬的被倒滑在拍賣場水泥地上。

拍賣場地上黏黏膩膩像是幾百年也洗刷不掉的血腥和鹹濕。

大魚將在這裡被剖肚支解。剝了皮，露出粉紅肉塊的大魚，我總是覺得，幾分像是赤裸裸的人體。棄置的內臟、魚鰓和著血水滑流滿地。

衣褲上的血跡乾涸後不再鮮紅轉成赤褐硬斑，上了岸後，海上的腥鮮魚味，全化做像阿摩尼亞的混沌臭味。

看著身上凝結的血斑，回想船上活絡絡噴濺的血水，我覺得，血液是種讓人安靜、讓人凶暴的神祕液體，像火焰的撩動、像玫瑰花瓣的柔美；這些，很快就會腐敗、變質，化做怎麼也洗不掉的生活痕跡。

OCEAN
TAIWAN'S Ocean Literature

爐灶

海上作業途中，最歡喜聽到海湧伯說：「啊，煮煮來喫，喫飽再來車拚。」

這時候，通常是上午十點多或是天快亮的清晨四點左右，是早餐、午餐，是正餐或是點心，似乎都說得過去。海上，總是有另一種不同於岸上的時間刻度。

船隻打橫放流，讓船側排煙孔朝向下風，引擎油煙順風遠離，側浪湧推舷牆，一聲聲「嘰呀！嘰呀！」船隻像一張巨大的搖椅在海面上往復搖

晃。

海湧伯掀開舷邊角落一個四方箱子的木蓋子。這個木箱子並不顯眼，像是前舷邊佇立的絞繩機、像是駕駛艙面上搖擺的舵柄、像是散置在尾甲板上的漁網浮球，它們和船身連成一體，像船隻的某個器官。若不掀開木蓋子，看不出，這裡就是船上的爐灶。

這只箱底，鋪著厚厚一層礫石，礫石層上有一片簡陋的瓦斯爐爐心，上頭有一鍋在燒木頭舊時代「灶腳」才看得到一般稱作「銑烓」的銑鍋。這只銑鍋幾乎佔滿了箱子內的大部分空間，鍋緣緊緊靠著被薰成油亮焦褐色的木箱子內牆。海上有風有雨，有不時沖濺到甲板上的浪花，爐灶必須用木箱子這樣緊密遮護著，即使風雨天，船上這箱爐灶也能煮出熱騰騰的食物。

海湧伯打開水艙掏取淡水，半跪在爐灶前準備煮食。

海湧伯海上最常煮的是大鍋麵。大鍋麵食材簡單：一把麵乾、幾粒辣椒，偶爾會加入幾片菜葉子，但絕不能少的是放進一條才拉出海面不久的鮮魚。

海湧伯燒煮開水，萬來仔蹲在後甲板上磨刀，處理下鍋的魚通常是海腳的事。討海人吃魚和一般岸上吃食習慣不同，也許是魚隻新鮮吧，一條魚經過漁人處理，被丟棄的部分很少。魚肝、魚脾、魚肚，甚至魚鰓，都會摻入麵湯裡，每一樣都還保留著海洋的腥鮮味道，彷彿銑鍋裡滾煮的是整個海洋的美味。

初初下海學做討海人時，有一段長時間相當厭惡船上的用餐時間。海上顛簸，幾個小時下來，胃裡的酸液都搖晃發酵溢滿喉頭。用餐時間，我只得臉色鐵青的別過臉去。但同船夥伴唏哩呼嚕的吃食聲，一再搔動搖晃我體內那瓶裝滿酸液搖搖欲倒的瓶子，我得強壓抑住自己趴向船舷嘔吐的衝動。

當爐灶上昇起縷縷白煙，昇起香味，我能覺得歡喜，覺得腸胃空虛，覺得需要這鍋麵食來填塞時，我恍然知覺，自己已經是個道地的討海人。船上這只爐灶除了煮食功能，也是個檢測儀器，它可以檢驗出一個討海人的入門資格。

「能吃，才能做。」討海人把爐灶看做是力量的來源。

有次，吃過飯不久，我們鏢中了一條兩百公斤重的旗魚，大約費了一個多小時，力量幾乎都耗盡了。腳底虛浮、力氣虛脫，魚體靠在舷牆上拉不上來。海湧伯嚷著說：「吃嘸飽哼！」海湧伯蹲跪在爐灶邊煮食的影像一下湧入腦海裡，熱騰騰食物的香味一下子壅塞在腸胃裡，長長一聲吆喝，力量凝聚，我們用爐灶提供的氣力，硬是把這條大旗魚拔進船舷。

聽過幾個討海人說：「卡喫嘛船上的上好喫！」說得好像岸上的山珍海味都比不上似的。

關鍵應該就在加入了那條岸上沒得比的鮮魚。

或許是勞力汗水後的腸胃飢渴，或許是船隻的搖晃和遼闊海面的用餐背景，每個討海人在海上都有平常岸上兩三倍的食量。

曾經在海上看到旺盛發船上那個年輕海腳，阿木，他可是端著碗公吃飯，看他們甲板上也只有簡單一樣配菜，但見阿木筷子飛甩，那幾乎是傾倒的速度，一句招呼的話和另句話的間隔，他已扒下一大碗公，而且又盛了尖溜溜一碗。

船上用餐通常用碗公，這只碗公外緣通常還沾著累積多時洗也洗不掉的油垢。

水艙裡的淡水經常是儲放了一段日子，艙底長些青苔也都正常。海湧伯說過，船上淡水珍貴，因此除了飲用和煮食，所有的洗滌都得掏用海水。

雖然舷外就有用不盡的海水，但不能使用淡水洗滌，船上使用的餐具或食物，好像也就理所當然不必洗得太乾淨。

爐灶吐著白煙，燜煮著並不好的煮食條件，燜煮著船上全然男性的粗糙。

是摻進了海洋鮮味或氣味吧，我們在船上，三個漁人就能吃掉一銑鍋的食物。海湧伯對別的討海人說過我：「夭壽，才討幾天海，就能跟著吃三碗公。」

能吃就能做，這是肯定和讚美。

打開厚重的木頭鍋蓋，爐灶上翻騰出一團白煙，海湧伯喊了一聲：「好嘍！」我們把碗筷在海水提桶裡過了水，圍住爐灶。

先是一筷子挾起麵條，麵尾甩擺，船身搖晃，麵條像是極不願意一下子就落入碗公的大嘴裡。端拿碗公的手得敏捷的左右挪移，像棒球場上要接殺飄浮高飛球而四處挪著腳步的外野手，像拿著長柄網杓捕撈游近舷邊的小魚，總得相個精準，剎那出手，一筷子麵條才能全數落入碗公裡。

挾了麵條後接著舀湯，碗公湯汁只能盛七分滿，不然踉踉蹌蹌走到吃麵的位置，一碗麵可能只剩下半碗。

尤其在鏢旗魚季節，東北風強盛，風強浪粗，甲板往往傾仰四十度斜角反覆震盪，沒有一點吃飯的本領，很難盡興享用船上的美食。

海上吃飯時間，大都在工作半途，還有網子等著收拉；等著起繩或等著潮水改變魚群浮湧，吃飯時間通常不能太長。一段時間學習後，我已經學會在船上快速吃麵的竅門：從碗公挾起麵條舉在空中讓海風來「預冷」；當嘴裡還在咀嚼時，另一筷子麵條已經挾起停在風中。

我發現像海湧伯這樣的老討海人，一碗可以盛九分滿，魚肉大塊放入嘴裡，魚骨頭在嚅動的嘴裡挑出，偏頭順風一吐，又快又穩。常常當我囫圇拚完一碗，海湧伯已吃過兩碗在水桶裡晃洗碗筷。

那是經由爐灶檢驗出的火候和功力，老討海人總能在搖晃甲板上吃得最穩。所以，海上幾乎沒有吃相可言，唏哩呼嚕，越大聲吃得越快，越粗猛越覺得爽口。

萬來仔俯身在船尾板上吃麵，才吃下第二口，他突然倉促起身，筷尖指在船尾海上，轉頭噴出麵屑，嘴裡含糊急促，像是一口水嚥不下去：「……丁挽……丁挽……（白肉旗魚）」。

他手上的碗筷整個跌撞在甲板上，「哐噹」一聲，湯汁飛濺，麵條甩在甲板上四處蠕動。

一聲聲唏哩嘩啦，像掀翻飯桌，船上所有漁人，將手上的菜餚碗筷脫手拋落在甲板上，各就各位，衝上鏢魚台的，撞進駕駛艙的，舵柄扳倒，油門催得死緊，船隻大幅迴轉幾乎翻覆，迴過身，立即追上那隻露出海面有一尺長左右晃擺的旗魚尾鰭。

船尖衝浪撞起，又刀斧砍下般重重拍下海面，「啪嗒」巨響，一陣浪峰潑向船尾。

旗魚驚急，抽動尾柄，彎繞著衝出，空氣裡黑煙瀰漫，船隻像是中彈著火，衝拔著火焰樣的氣勢和速度捨命追逐。

都忘了風浪的凶險，都忘了爐灶裡熱滾滾的午餐。

船尖六、七次逼近獵物，萬來仔匆匆擲鏢一次，都被這尾旗魚瞬間衝力化解掉了。再度逼近，鏢桿已經挺出，這條旗魚忽然飛身翻出白腹，倒勾翻觔斗似的，一頭栽下水底，就差那毫髮瞬間，萬來仔手上鏢桿沒來得及出手。

我們十幾分鐘泊在海上等待，這條旗魚終究沒再浮出海面。

走下鏢魚台，船隻沉默，大夥再次圍住爐灶，每個人都還愣在追丟一條魚的悵惘裡。後甲板上，碎裂的碗公、筷子和麵條，全被追魚時潑上船的波浪清洗得乾乾淨淨，全都沖聚在船尾角落。

海湧伯蹲跪到爐灶邊，用故意輕鬆的語氣說：「哇，只剩半鍋乾麵。」

木箱子裡滿是翻溢出的麵條，爐心已經冷卻。

嚼著乾麵和涼麵，冷風颼颼，這是討海以來最不是滋味的一頓飯。

吃了兩口，海湧伯說：「啊，緊喫喫咧，再擱來車拚。」

OCEAN

TAIWAN'S Ocean Literature

行船

海面遼闊，海上駕駛船隻其實比起陸地上開車還要容易。兩根操縱桿、一把舵柄，只要熟悉它們間的搭配功能，海上行船，並不像岸上開車那樣有瞬間肇事的危險。但是，要把船隻操控得精準，讓船隻能夠作業，能夠戰風戰浪，則需要相當的海上經驗和本領。

行船許多年，海湧伯不曾特地教我開船。關於如何操控船隻，他約略只說過一句話：「就她。」

幾年後的今天，我在駕駛艙操船擺舵，海湧伯在船前收拉漁繩，破曉

時分，船前暈黃燈光隨波浪搖晃，從水底拉起的漁繩隨海湧伯收繩律動，一陣陣耀閃出黃澄澄光熾。西南晨風強盛，海流望北洶湧，我時而催拉油門，引擎一陣急躁；時而伸長左腳，將舵柄頂倒左舷，我得時刻探頭張望船前漁繩出水角度。那俯身單腳鵠立的操船姿態，應該像一隻張展翅膀單腳後揚伸懶腰的鶴。

我得感覺風的指掌聳推船舷，也得感覺海潮的趾爪搔湧船身，我還得運用船隻引擎、油門及船舵，來平衡掉這些外力牽扯，讓船尖頂風逆流，海湧伯才可能拉得動漁繩。

這麼多年後我終於明白，海湧伯說「就她」的真正意思。遷就船隻，遷就風，遷就海流，「就她」這兩個字，涵括海上操船的精確要領。

船隻是漂浮著的，她在海上不時受風力及海流牽扯，不會有絕對的靜止。不像陸地開車，無論前進、後退、轉彎和停止全都相當明確。當船隻必須停止前進時，鬆掉油門，退掉引擎，海面並沒有足夠摩擦力讓船隻即刻停止，船隻其實仍在繼續滑進。

岸上我們有剎車可以來停住車輛，海上的話，得大力倒俥，讓一陣急促的倒俥來平衡掉船隻的慣性滑進。左右舵也是如此，當船隻迴轉後，要大弧度反向操舵來平衡調整出直線航向。

多變的風向和海流，使海洋像一位脾氣拗扭善變的姑娘，漁人行船，得多方安撫遷就，像溫柔的丈夫體貼妻子。老討海人熟知女性的細膩情緒，熟知每個分秒風力及海流對待船隻的多變牽扯關係。

難怪初初下海那年，我試著掌舵時，海湧伯經常問我：「有聽嘸？」那時，我一直以為海湧伯是問我有沒有聽懂或聽見他的指示。直到現在，我才恍然明白，海湧伯問的是：「有沒有聽見船隻、聽見海流、聽見海風。」

每當行船海上，只要船身發出丁點不尋常的聲音，哪怕那聲音可能細微得讓人刻意想去忽略，海湧伯總是毫不遲疑的退開引擎，立刻艙底艙外船頭船尾四處查看。船隻一丁點不一樣的情緒，海湧伯都會細心的觀察和耐心的處理。

夜間行船，海湧伯通常親自掌舵。海上沒有街燈照明，沒有路軌，若是在月光星辰全都隱去的晦暗天候裡行船，天空、海洋和陸地全部混沌雜纏，毫無深淺毫無分別的被黑暗顏料染成一體。這時，行船海上幾乎無依無據。若不是波浪持續湧推船身起伏，若不是桅杆上的微弱紅色船燈幻照船舷，我總會覺得像是迷航在無邊無際的墨黑天體裡。

久居燈火繁燦的人世裡，大多數人已經無法適應被夜暗完全包圍的孤立情境。遠離熟悉明亮的陸地，遠離人群相互依存的群居習性，夜暗海上，盲目感和迷惘感將瞬間轉化做無依的惶恐。

有次，我操舵傍著岸上燈火沿岸行船，恍惚覺得岸上燈火飄忽不定似遠似近。我覺得離開燈火太遠了，離開心頭唯一憑藉的燈火太遠了，潛意識裡，我擺舵讓船隻趨向岸上燈火，像隻趨光的夜蛾。

海湧伯毫不客氣粗魯地搶開舵柄罵：「開叨位去，要開去埔仔頂呵！」

我才驚覺到，船隻已駛近拍岸浪緣，有擱淺翻覆的危險。急急搖開船舵，背著光明往黑暗裡狂奔一陣。黑夜裡，我時常拿捏不住船隻和岸上的適當距離。

一陣子後，海湧伯又粗魯地插手：「開叨位去，要開去美國呵！」

後來，只要夜暗行船，海湧伯都會蹶蹶指頭說：「去睏吶，我來。」既然幫不上忙，我也樂得躲入幽暗的艙底，在吼吼引擎聲和濃濃柴油味中，細聽艙壁摩娑的潮浪聲搖擺入眠。

每當魚群大批靠岸又連續好天氣時，我們常常連續一、二十天夜裡都在海上作業，睡眠時間嚴重不足。我曾看到海湧伯邊開船邊打瞌睡，即使這樣，夜間行船海湧伯還是堅持自己把舵。海湧伯說：「暗暝行船，矇度龜，但我未曾正經睏去過。」

有一次，他知道打瞌睡被我看見了，他解嘲似的說：「兩粒眼睭輪流睏，一粒先睏飽，才換另外一粒睏。」這是老討海人的本領。

每每在夜暗裡撒網或下餌後，通常有一個多小時的等候空檔，船隻泊在漁繩繩頭浮球邊放流。這時，海湧伯總會說：「來睏吶。」

幾乎每一次我都真的睡熟了。當被海湧伯喚醒時，黑暗海上，我揉著眼睛不知船在何方身在何處。有次心裡有事沒睡著，我才曉得，只要船隻漂離開浮球一段距離，海湧伯都會適時驅動船隻讓船隻靠緊浮球。

得空休息時，海湧伯隱身在船身陰暗處，至今我仍不知道他到底醒著還是睡著。

收完漁繩或漁網後，天色已亮，海面、山嶺、天空，都在一場混沌裡被解析清楚，這時，海湧伯才會放心地把船舵交給我。他脫去油衫油褲，披上夾克，返航路上他通常斜靠在駕駛艙牆板上，緊閉著兩眼。儘管如此，他仍舊是面對著我，我的操船擺舵還是有被他監視的感覺。

船前大約一浬外，一艘同樣拔完漁繩返航的漁船竟然蛇繞航行。

再追近些，那是德仔的船，他單獨一個人討海。我上過他的船，除了駕駛艙，他在船上的任何位置都有辦法駕駛船隻。他的舵柄用繩索套住，用滑輪和長繩牽拉到船頭船尾；操縱桿用長竿子綁住延伸四處；油門用細繩拉出長線，像是船隻的神經網路蔓延到全身各個角落。

有一次，在海上看到他衝上船尖鏢魚台，應該是發現了一條大魚。我很好奇，沒有人幫他駕駛他將如何追魚，如何鏢魚。看他單手挾住鏢桿，另隻手摸在身後拉扯一節繩索，又去推拉一根竹竿，好像他的背後也長了眼睛似的。嘿，船隻真的動了，左擺右晃，追著水裡那條大魚跑。

後來我才知道，大部分漁船都有船長各自裝配的操船系統。每艘船都可以一群人一起抓魚，也可以單獨一個人作業。只是獨自行船海上，要有覺悟，沒有人可以分擔危險，沒有人可以分勞，那將是絕對的孤獨。

德仔的船彎彎繞繞行駛，轉個圈，回頭直指著我們船隻駛來。才一下子，又漸漸弧轉朝外，繞回去原來的航向。德仔的船就這樣子在海上繞圈圈，不曉得他又在耍什麼新把戲。

我們催促引擎追上去，逼到他船邊。

原來，他坐在駕駛艙座上，單手握持舵柄，俯身向前，頭重重的一下一下猛力顛點著。原來工作累了，返航途中，德仔一邊開船一邊打瞌睡。

「愛睏啊！」隔個船身距離，我大聲喊醒他。

德仔醒來後，摸摸後腦勺露出尷尬的傻笑。

海湧伯仍閉著眼，沒有被我那聲喊嚷吵醒，他眼皮輕微顫動，兩掌鬆懈地翻攤在兩腿上。我知道收拉漁繩對兩掌是很大的折磨。海湧伯攤開兩掌，像是為了讓天光來曬乾他夜裡的疲憊。

船隻轉進港嘴，就要泊靠。海湧伯像是撥了鬧鐘總會在這時醒來，因為他知道，船隻泊岸，需要他精確的行船技巧。

OCEAN
TAIWAN'S Ocean Literature

討海

船群在清水斷崖下拖釣齒鰹。黑潮迫近崖壁，船隻紛紛壓靠在崖腳下，在拍擊的浪花邊緣船尾拖著一串假餌行駛。

三月天，氣候變化無常，一陣陰雨霏霏後，一下子，陽光撥雲探出。還不及曬出溫暖，又被一波風雨澆得濕冷。

北風喘息似的，一陣緊一陣寂。

無論晴雨，漁人都穿上了雨衣。

我擔心天候，但海湧伯只顧駛船，轉頭跟我說：「驚啥米，看不對勢返頭就逃。」

崖壁幾乎垂直，如一刃巨大刀斧從半天砍落海面，峭壁斑駁猙獰，停不住任何鬆動和猶豫，該掉落的似乎都早已直溜溜墜落海底，懸崖壁上彷彿到處刻劃著失足墜落的尖叫與抓痕。只有幾株鳥榕和蘆竹在岩縫間隙艱苦攀生，為整座斷崖塗上點點淒冷的蒼翠。

我們凌晨三點從海港出來，兩個多小時水路中，雨水點點停停。趕到斷崖邊時，天色濛濛，從灰暗中逐漸轉亮。啊，如巨大城牆的斷崖下，至少已經有六、七十艘漁船，像是泊岸的黑色岩礁，沿著白花綻放的海岸線迤邐。

「你看，連排筏、舢板仔攏敢來，驚啥米？」海湧伯像是安慰又像是責備似的叨唸了一句。

魚群洶湧，所以船群聚集，這是讓人安心的一幅景象。

不止小船筏都來了，有將近一半的漁船是從更遠的北方漁港下來。船隻間可以依靠，可以互助，我漸漸同意海湧伯的說法「驚啥米」。

近來，很少看電視新聞後的氣象播報，因為，覺得海上聽老討海人講天氣，似乎更精準些。

「輕風咧，中午後鋒面才會落來。」話機響起。

「攏聽他的，會被害死。」有人這樣回答。

一陣灰濛雨後，崖腰上的公路，出露如半山腰上一道蛇繞的長鞭。我仰頭看望路上一輛巴士經過，車窗裡的乘客臉孔竟清晰得像是可以看見他們細微的表情。那樣的垂直落差感覺上很迷離，在聳巉斷崖下，在仰望和俯視間，海和岸的距離往往似遠似近。如這個季節撲朔迷離的天氣。

船舷兩側向外斜插著兩根長竹竿，漁線撐起，拖向船尾。長竿左右俯仰擦浪，像是船隻為了戰風浪而伸展出的兩根長翅。波浪並不平靜，洶湧浪濤不時從船尾兩側縫隙湧上甲板。

船隻繞住魚群盤旋，時慢時快，鹵鰹零星吃餌。我走到尾甲板拉魚，偶爾回頭，看到海湧伯急躁催促的表情，幾年同船相處，我知道海湧伯心裡有事。

九點左右，鹵鰹索餌猛烈。雨停了好一陣子，東北邊天空陰霾散盡，天空裡所有灰雲都被趕聚在斷崖頭頂。蜿蜒公路迷濛遠去，路上的車輛在茫茫霧靄裡開亮了車燈。

「逃到三棧溪嘴外囉。」是舢板阿龍的聲音。

「是啊，再會吃餌也不要了。」排筏德仔回答。

聽起來，他們應該在四十分鐘前就已離開漁場。

船群漸漸分裂成兩個集團，那麼涇渭分明地，北方來的船隻集結往北挪移，我們群集在斷崖南端，繼續往南盤旋。

海湧伯加了些馬力。

鹵鰹沒放過我們，仍然迫切地追咬餌鈎。

「北邊天開了，風大概要停了？」拉上來兩條魚後，我問海湧伯。

海湧伯沒有回答，神色惶急，船舵大弧迴擺，油門催聚，船隻東南向衝出，急急離開如銅牆鐵壁般的斷崖陰影下。

所有船隻都跟著紛紛衝出，連拖釣的長竿子都來不及收回，話機裡靜悄悄沒人講話。似乎有一響無聲的起跑槍號響起，讓船隻像賽跑選手樣的集體往外衝刺。

北方來的船群，也點點黑豆子般，遠遠紛撒向外。

斷崖苛酷的面貌，散逸出弔詭氣息似在船尾追趕。

到底船隻在逃避什麼？又是什麼訊息讓所有船隻不約而同地向外逃離？「難道是看到鬼了。」我心裡疑惑著。

話機保持緘默，引擎聲嘶吼捶打。我在船尾枯坐了半個多小時，不曉得為什麼，心裡有了倉皇逃命的感覺。

趕過新城鼻，船隻西南向切進長泓灣底，順著灣緣，船隊排成長龍往花蓮港方向急駛。灣外海上，不知何時，如千軍鐵騎踏踩，海面已經紛紛攘攘白茫茫一片。

奇萊鼻遙遙在望，長波巨瀾如龍蛇騰躍，一漣漣白峰撞向鼻尖，話機終於響了：「啊！就這一關了，只要過了這關……」追在殿尾的阿成這樣說。

「夭壽，每一漣攏蓋過船身，差一點咧，慢一點就過不來了。」舢舨阿龍說。

「夭壽，干吶風颱湧，驚死，嘎在都衝過來了。」

先逃的小船筏，似乎都過了返回花蓮港必經的奇萊鼻這關天險。

海湧伯曾經告訴過我，奇萊鼻附近淺礁暗布，海底流溝錯綜複雜，風浪大時，巨浪、漩渦、暗流，像一個個隱藏在海水裡的陷阱，像布滿地雷的雷區，若遇到海象轉變，船隻一定要繞行遠離鼻岬，他說：「這是個會失落人的所在。」

奇萊鼻從彎南東向延伸突露出海，大概距離鼻岬五百公尺，海湧伯就把船向修正左轉朝東，和奇萊鼻保持距離，平行駛向外海。我們後頭跟著十數艘漁船，海湧伯似乎是帶領船隊闖關。

船隻左轉後，我立刻察覺到大軍壓境的氣勢，我曉得，這只是大軍前哨尖兵們掀起的序幕波濤而已。

船舷左側，從海面伸出一股股獠爪巨掌，一下子湧推攀抓左舷，也有幾波巨峰張舉著像要打死蚊蚋般的巨掌，從上而下，翻覆擊打倉皇奔逃的船隻。

遠遠繞過鼻岬後，才彎轉朝南。水花破碎四射，猖獗地一波波撲掃甲板，船身搖晃超過四十五度斜角，那是坐也坐不住屢屢想要尖叫的晃盪。

「夭壽，我看過不去了。」排在第四位的阿清在話機裡嚷嚷。

「我看綁在定置漁場，等風停了再過去卡安全。」阿成提議。

「免煩惱啦！看頭前，嘸返頭就嘸知驚。」海湧伯用話機鼓舞安慰陷在海面風暴裡的船隊。然後，他的嘴離開話機，偏頭對我說：「嘸返頭看，就嘸刺激哩！」

這讓我想要偷偷回頭看。啊！一回頭，一波比船桅還高的巨浪，如斷崖峭壁，崖頂翻飛著白霧如憤憤揚起的髮絲，從船後撲追我們船尾。啊，啊，來不及了，眼看著這波巨浪就要覆沒船隻。

船隻忽而陡昇，被浪峰哄抬舉起。

一陣嘩啦破碎，浪峰在船前坍倒。

船尖傾斜刺向海底，啊，啊，船尖劈開水花，船艏一陣白波適時挺住船頭，阻擋住如斷崖絕壁上的墜落。

船隊彎繞蛇行逃命，互相打氣安慰。

我回頭看到殿後的阿成那艘船，逐漸擺脫鼻岬的風浪糾纏。整個船隊有驚無險地闖過險厄。

港堤遙遙可望，但船隻仍在衝刺，沒有丁點喘息機會。

船隊轉進港嘴後，緊緊一陣狂風驟雨，那是會讓大地震撼動搖的大隊兵馬，已經追到港嘴邊。幸好，若是慢了幾分鐘進港，我們就得和大軍主鋒在他擅長的海上纏鬥。

船隊泊在港灣裡，紛紛忙著收拾長竿，像翱翔逃命後的一群飛禽，整理羽毛，收起長翅。

海上不能戀棧，該逃就逃；我只是想不透，是誰透露了逃命的訊息，是誰開響了奔逃的起跑槍號。

話機沉默，船隻在狂風暴雨裡，一艘艘靜靜的駛向內港碼頭泊靠。

OCEAN
TAIWAN'S Ocean Literature

釣魚

對討海人來說，手工釣魚，不過是偶然、短促的海上消遣。討海作業，船隻經常得泊在海上等候潮水改變，等候魚群湧現。這時，如果海湧伯迴船駛向近岸岩礁海域，船上每個海腳就要歡呼尖叫。我們知道，釣魚機會來了。

添旺折身去冰櫃裡取一尾鰹魚切餌，萬來仔從艙底取出釣絲、鉛錘。船隻駛到淺礁海域之前，通常我們快手快腳，早已切好魚餌，準備好釣組，連海湧伯那一份，我們也替他準備妥當。

這段作業休息時間，隨時都會終止，所以，我們得身手俐落，把握住每一分每一秒。

船隻才迴身停穩，一串串釣組已經噗通通飛快竄入水面下。討海人釣魚不用釣竿，沒有一般釣魚人繁複的器材裝備，就像一根直腸子，釣絲尾端繫著鉛錘，兩、三門釣鈎草率直接地纏綁在釣絲上，我們用指頭代替釣竿，用兩臂交錯拉繩代替捲線器，用身體器官直接感受來自海底世界的震顫。

討海人稱這種釣魚方法為「手繩仔」。

正式成為討海人以前，我原本喜愛釣魚，記得，那時每趟釣魚之前，總得花費大半天時間來繫綁釣組、準備釣具。單是釣魚器材，往往讓我左肩右肩滿滿幾個背袋。成為討海人以後，對於釣魚裝備的需求急劇退化，我已習慣於使用粗糙的手繩仔垂釣，對於精緻的釣組及釣竿反倒覺得麻煩，也覺得何必多此一舉，就漸漸放棄不用了。

奇怪的是，使用手繩仔垂釣，一樣可以有不錯的漁獲。也許可以這麼說，討海人較習慣於和海洋單純而直接的接觸，討海人比較了解海水裡的世界。

當我告訴海湧伯，以前我愛釣魚時擁有的配備，海湧伯只笑著說：「肖欸，釣魚肖欸。」

海湧伯釣魚最沒耐性，和他釣過幾次魚，我相信再也找不到像海湧伯這麼沒耐性的釣魚人。

有次，我們鉛錘才碰著海底，晃兩三下，沒有魚隻吃餌，海湧伯轉頭就說：「好了，收收咧，走。」

海湧伯這句像是板著臉宣布假期結束的苛刻命令，把我們那難得一次，已經愉快準備好的釣魚心情破壞殆盡。我們都祈望海湧伯能夠釣到魚，他越快釣到魚，我們的釣魚假期才能延續下去。

成為討海人以後，舷邊拔過不少大魚，也見識過不少形色怪異的魚種，大概是「品味」提升了，釣魚的衝動已大不如過去那樣急切。大部分討海人，僅將釣魚當做是海上作業途中一段輕鬆的休閒娛樂，讓自己童心未泯的試試身手和運氣。見識多了吧，我也發現越老的討海人越沒興趣釣魚。

釣魚時，我們都站在舷邊，用指頭提住釣絲上下提放，像是在搖擼老式幫浦的姿態。鉛錘一下下碰觸海床，似在輕敲魚穴的門扉。海湧伯把一腳跨出舷外，看起來，他今天有較好的釣魚興致。

指尖一陣麻顫，像電流傳遞，從海底沿著釣絲直接震撼指尖，震撼了全身神經網絡。那幾乎是讓人不得不尖叫的一陣悸動，心跳充電加速。

沒有絲毫的猶豫和緩滯，反射反應，在釣絲顫動的瞬間，我已俯身匆匆拔取那一陣陣抖顫在水裡的釣絲。

轉頭看時，海湧伯已從水面提出一條橘紅色的海鯡鯉；萬來仔也在倉促收繩。看樣子，我們是敲中了魚穴。

添旺在船尾高聲大喊：「啊，啊，鏢拿來，有夠大尾，要『寄鏢』哩。」（「寄鏢」原是鏢魚船鏢獵到大魚時，當魚體拉浮水面仍活生生翻騰，為了怕大魚扯脫鏢尖或扯斷鏢繩脫逃，通常再補上一鏢叫做「寄鏢」，添旺這樣喊，是誇張的說自己釣到一條龐碩大魚。）

我拋甩掉手上一尾鮮黃色五線笛鯛，衝到船尾，想幫忙拉拔大魚。

「啊，啊……」添旺仍叫個不停，但他嘴角帶著詭譎奸笑。

我才發現，海湧伯，萬來仔都笑著同樣表情。

分明是一場誇張的作弄。

魚體浮出，不過是一條一公斤左右藍綠斑紋的鸚哥魚。

添旺單手一提，輕易地將這條鸚哥魚給提上甲板，還正經的對我說：「鏢那欸嘸拿來，差一點給牠跑掉。」

就這樣大呼小叫，明明手板大的魚，也要吹嘘膨風得像船身一般大。休閒嘛，不是嚴肅的正式作業，船上每個人都把釣魚的閒情逸致，盡力地誇張放大，平衡一下作業時繃緊的神經。

海湧伯和添旺不停的拉魚，我和萬來仔只偶爾一兩條小魚來打破沉寂。就這小小一方船上，彼此間的距離不超過三公尺，釣組、餌食，甚至連垂釣的姿勢也都一模一樣，真是想不透，好歹運為何差別那樣大。

海湧伯取笑的說：「啊！你大概嘸洗手。」

有人喜愛釣魚，有人譴責釣魚，說是把自己的快樂建立在魚隻苦痛掙扎上。曾經問海湧伯這問題，他笑笑的不回答，意思好像是：「真無聊的問題。」

過去，當我著迷於釣魚時，曾經翻山越嶺走到荒郊海嵎，曾經強忍著暈船的痛苦在海闊天空的海上徘徊。當初是以釣魚為目的靠近海洋，如今，我能感受到自己融在大海裡，一個步驟，一個步驟，我清楚感覺，海洋是一步步將我拉進她的懷裡。

回想起來，我甚至懷疑，魚隻是海洋放出的釣餌，她放出長線，一步步釣我融近海洋。

從徘徊岸邊釣魚開始，到今天，在漁船上工作，有時候天候不好，幾天沒出海，我也習慣的走到海邊，看看她的波動，聽聽她的喘息，幾天不出海，我會強烈感覺對海的思念。

無論有魚無魚，釣魚，我都能滿心歡喜。

海湧伯又拉上來一條不小的紅衣狐鯛，他抬頭看了看遠方海面說：

「差不多嘍，收收咧，走。」

釣魚只是娛樂，正式漁撈工作還在遠方海面等著。

OCEAN
TAIWAN'S Ocean Literature

放棍

「啊，凍到要死去咧！」

「是喔，西風緊強，山頭頂的雪，干呐攏吹落來海底，腳手攏冷吱吱硬翹翹。」

「啊，寒兮兮，掠掠咧好過年。」

話機在黑漆漆艙裡響起，像是來自遠方的呻吟哆嗦。

舷邊水聲曳曳，岸上燈火暈開遠遠天邊似凍結住的一片沉靜光塵，我在駕駛艙操舵，臉頰及露出在袖口外的兩截手掌都刺痛難堪，海面無遮無掩，冷冽黑暗的風裡，似乎夾帶著無數冰尖凍刺，刺痛我的臉龐和手掌。

桅杆頂的燈號冷冷映出朦朧船舷輪廓，舷外海上，夜光蟲散出陣陣閃滅螢光，跟在船邊翻溢的水花裡。船隻像是在滿盤晶瑩的銀河裡撲浪前行。

艙台上小時鐘的螢光指針指出ㄥ狀圖形，凌晨兩點，船隻已經接近漁場。

停船後，船燈打亮，海湧伯蹲到船尾，忙著把一管管誘魚燈繫在漁繩上。他不時抬頭張望四周，比出手勢，我得盯著他看，並隨時隨著他比出的手勢操舵。漁場裡，他熟知海底的坑凹礁脈，一如我熟悉城市裡熱鬧交錯的街道。

每年年初到春節這段期間，寒流頻頻襲來，氣溫如坡梯一路下跌，「紅目鰱」魚群在這時洄游靠近海岸。紅目鰱魚體鮮紅，約巴掌大，像是為了讓討海人開采過個好年冬，這段紅目鰱漁季，討海人一天睡不到幾個小時。

紅目鰱習慣在天黑後及天亮前浮昇到水面索餌，所以，從夜頭到天亮，漁港裡空蕩蕩看不到幾艘船。如海湧伯說的：「攢點年節所費，拚一下好過年。」

船尾擺置著幾簍相疊的圓盤型竹籃，每簍繩籃約有五百多門餌鉤，緊偎並排鉤在籃框上，長條狀肉餌泛著血漬掛在框緣外，那是鰹魚肉切成的條狀魚餌，十分腥臊油膩。漁船得在天黑剎那或是趕在天亮前兩個鐘頭，於漁場裡撒下這幾簍約數公里長的長串餌鉤。這種捕魚方法一般稱作「延繩釣」，獨獨討海人稱為「放棍」。

船尾的幾簍繩鉤看似清爽整齊，那可是海湧伯全家大小，至少七、八個小時的勞碌，才清理出來的成果。上鉤魚隻的掙扎，潮水的泛晃，一趟放棍，就能把長串繩鉤扯得紊亂不堪。每根釣鉤、釣絲在「清棍」時，都得在一團混亂裡被清理出按部就班的秩序來。

恍如在檢視討海人在海上的拚鬥與勞苦，海上拉拔的每一點滴，全都記錄在那一簍簍攪纏做一堆的繩鉤裡。這段漁季期間，漁港邊、屋簷下，到處可以看到一群群人坐著矮板凳圍住地上的繩籃「清棍」。這是個討海人家庭全家大小都得參與的漁季。

船尾繩籃裡，記錄著岸上家人勞碌的點滴汗水，也含藏著全家大小的祝福與寄託。海湧伯準備就緒後，就要把這長串家人託付的溫心，延繩撒下海水裡，換取魚獲。

船隻泊在漁場裡，海湧伯舉起「甩燈」晃射海面，左舷前約五十公尺漂浮著一顆浮球，右側船尾也有一顆，更遠處，一根燈旗閃著紅光搖搖晃晃。

「幹，這款鬧熱怎麼放。」海湧伯驅船循著浮球間隙兜了一轉，皺了皺眉頭，嘀咕了一陣。

「卡差不多咧，歸海佔了了，也嘸留個縫給阮放。」海湧伯拿起話機半調侃半不滿的喊著。

「嘜、嘜、嘜，放棍老師傅啊，又不是新來的，驚找嘸縫倘放。」鄰船笑著這樣回答。

放棍是一種較細膩的捕魚技術，夜暗海上，每艘船都放落數公里長且曲曲折折的一長段繩鉤，水面上大約兩百公尺間隔繫一顆長柱型浮球，繩鉤前後兩端各具一盞旗燈。長串繩鉤埋在水面下，海面僅看得見散置的浮

球，以及遠遠兩盞旗燈供船隻辨認。

天色和海面一體如墨，一個漁場裡有二、三十艘船在放棍作業，每串繩鉤排排相依，兩座繩鉤之間，大約只有五十公尺間隔。海湧伯行船在這條窄狹的空間裡徘徊，他在觀察任何有機可趁的縫隙，讓自己能夠從中切入放棍。

我曉得，他想冒險。若是眼色不夠俐落，放棍經驗不足，很容易兩艘船繩鉤在水裡糾纏在一起。這情況，討海人稱「相犯」。兩座繩鉤若是相犯，不僅拉魚時吃力，上岸後的清棍工作也將耗時費神，尤其漁獲糾纏不清很難如意均分，往往引起兩艘船之間的爭執和不愉快。

海湧伯甩著燈在兩列繩鉤狹窄的間隙裡穿梭，兩側鄰船看出海湧伯的企圖，不斷地用話機呼喊、提醒及警告：「嘸好，這樣小縫？」

「注意喔，注意喔，相犯真麻煩喔！」

海湧伯都不答覆，兀自喃喃唸了一句：「幹，海又不是你家的。」

海湧伯用燈甩住一個浮球說：「看到嘸？」我點了點頭。他又甩住另一側的浮球說：「看到嘸？」我遲疑著不敢點頭。

我得熟記這一路兩側浮球的走向，我知道海湧伯已經決定在這狹窄的縫隙裡放棍，操舵的我，必須承擔相犯的責任，承擔這幾簍棍落海後漁獲多寡的責任。

額頭在寒風裡冒出冷汗，我深感焦慮和不安。

如果隔鄰兩串繩鈎如飛機場跑道般筆直，如果兩側浮球緊密排列如田徑場跑道區隔線般明顯，如果天光明亮浮球遠遠可見，我會毫無顧忌自信滿滿地操擺船舵。事實上，船前盡是大片混沌漆黑，那是沒有範圍毫無根據的暗。我心裡驟然響起「前途黯淡」這句話。

迴過船身，海湧伯匆匆指出遙遠微弱浮滅在海上的一盞小燈，丟下一句話：「就這樣駛去。」也不等我確實看到、確實答覆，他火速奔到船尾，提一桶水澆在繩籃裡潤滑漁繩。然後，如母雞下蛋般，抛下燈旗。

我覺得心裡一團火在燃燒，所有動作都是剎那間的事。

海湧伯早已蹲踞在繩籃邊，指尖併攏，兩手各自捏起一把約五、六門餌鈎，掌心翻轉朝外，隨著船速曳拖，餌鈎一根根依序剝離他的指尖。

海湧伯放棍時的指尖動作相當優雅，像歌仔戲裡花旦的蓮花指。一向行事粗獷的海湧伯，唯有在放棍時才看得到他命底的細膩。儘管放棍潛藏著極大的危險，每根餌鉤在船速拖拉下都活絡絡像是趕著要衝下去海裡，若是不小心被數千門裡的任何一根魚鉤鉤住，都得付出慘痛的代價。也就是這樣，越危險，越能顯現出他的細膩、他的美。

我焦慮地四下張望，我得留意海湧伯放鉤的節奏調整船速；得注意船前暗地裡突湧而出的浮球閃躲迴避；得時刻尋找那盞遙遠被交代做為方向指標的閃閃滅滅小燈，我得繃緊每一根神經在大片黑暗裡摸索。只要稍有偏差，海湧伯會大聲喊罵修正我的航向，儘管我握著舵，但半艘船我在操控，半艘船聽任海湧伯指揮。

一段衝刺後，海湧伯指使船頭旋開，船隻朝外急駛放棄了那盞原本做為方向基準的小燈。一陣子後，船尖修正緩緩朝內漾漾盪去。反反覆覆，時快時慢，船隻如蛇行盤桓。我很懷疑，黑暗海上，海湧伯到底憑藉的是什麼？他低低俯蹲在船尾，難道船前狀況他看得比我清楚嗎？

餌鉤一門門沒入船尾黑暗裡，沉下無可度量的漆黑水裡，海湧伯是如何得知紅目鰱魚群在這道狹窄縫隙裡。他又如何得知蛇繞閃避相鄰緊迫的兩串繩鈎。這到底是純然的好壞運氣，抑或是老討海人的確掌握了什麼。

問過海湧伯，他的回答始終一致：「這理所當然。」

常常覺得，放棍時我只是船上機械的一部分，我和船隻共同執行著海湧伯黑暗海上無法理解的意志。

拋下燈旗，海湧伯推開騰空的竹籃，長串繩鈎盡數脫離船身。船隻巨弧迴轉，海湧伯甩燈閃熾照射海面，我深深喘了一口氣，船隻如解脫束縛猛烈晃擺毫不猶豫偏西急駛。

舷邊漂過幾粒浮球，海湧伯看都不看。那是鄰船的浮球。我的方向記憶全都糊塗混亂了，像是在急駛的火車上沉睡醒來，全然迷失在陌生的空間裡。恍恍惚惚，我覺得我們放落的繩鈎應該在我認為的東南向，海湧伯顧自把船隻直直偏西駛去。

船速驟然放慢，海湧伯甩動燈束指使我的視線看向船前的一粒浮球，恍如在向我展現他精準的方向感。

舷燈打亮，我聽命舉起長鈎桿鈎取浮球，海湧伯用指尖秤住浮球下的繩索，一上一下，像是在秤量水裡上鈎魚隻的體重。

船燈搖晃，海湧伯穿著連帽夾克，映著燈火的半邊臉孔，我看到了撇閃在他臉上的一絲笑容。

沒有一句話交談，海湧伯拋下浮球，我知道海湧伯心裡已如那沉甸甸繩索透露的踏實。水面底下，紅目鰱應該密密吃餌，漁繩上應該是傳來牠們沉沉的抖動。

連秤了幾顆浮球，海湧伯大聲喊嚷：「冰掘掘咧！準備拔棍。」那是充滿自信準備豐收的聲調。

船隻奔馳急駛，應是朝向繩端的燈旗駛去，我放眼注視船前，仍尋不著海湧伯已經用船尖指住的旗燈。老討海人在黑暗海上的眼力，如夜鷹敏銳。

時常，老遠的一艘只亮著桅燈的船隻駛過，他們就能彼此相認，並在話機裡直呼名字。我常常看著桅杆上的燈號想，到底這盞燈洩露了什麼身分祕密。問過海湧伯，他倒是用很奇異的表情回看我，意思好像是說：「看不出來才奇怪。」

跳進冰櫃裡揮砍冰鋤，將結成硬塊的冰鋤成細碎，再一桶桶提放到甲板上的魚箱子裡。脫掉厚重夾克，我知道接下去會是一場汗流浹背的操勞。海湧伯也脫去了所有外衣，套穿上一件連身雨衣，我們都知道收獲得付出汗水。

紅目鰱像一串紅彩項鍊，從黑暗水裡被拉拔浮起，海湧伯左手掐住魚身，右手猛力撕扯釣絲，粗魯急躁的從紅目鰱嘴裡拔起釣鈎，「波」，輕脆一響，魚鈎脫出，鈎尖扯裂了紅目鰱嘴頜。有時鈎子吞得太深，魚鰓、魚肚也被鈎子拉拖出來。

漁繩沉重，拉進船舷的每一尺、每一寸都得汗水和氣力。海湧伯動作很大，看得出他的焦急。上鈎的紅目鰱紛紛顫抖著，有的被拉上來時只剩半截身軀，有的被啃咬得全身斑斑瘡瘡都是齒痕。

紅目鰱滿滿掛在繩鈎上掙動，他們吃了餌後，旋身一變，變成海水裡鮮明晃動的活餌，種種掠食性魚類，都將受這一大串掙動的活餌誘惑群集而來，前來和我們爭搶漁獲。我們必須用最快的速度，把繩鈎上的紅目鰱搶拉到甲板上來。

一群黑鯖河魨呆頭呆腦追著紅目鰱浮上舷邊水面；白帶魚咬著釣絲上

來，肚皮鼓鼓脹脹不曉得掠食了幾條紅目鰱；一尾七、八公斤重的虎鰻也被鈎著，牠吻尖上長著嚇人的獠牙，不曉得牠吞食了幾條白帶、幾條紅目鰱。

海湧伯拔繩動作越來越急，越來越粗率，原本一場討海人和海洋間單純的漁撈，已經瞬轉成討海人和掠奪者做時間競賽的拔河。

海洋對討海人的捕撈回應往往面目多變。

每一分，每一秒，掛在繩鈎上的紅目鰱都在倍數消失中。海水裡的每一條魚，無論種類，無論大小，只要和這串繩鈎扯上關係的魚，都可能被拉上甲板成為我們的漁獲，或者在水面下成了更大掠食魚隻的活靶魚餌。

我們曾經捕抓到一尾叫做「人帶」的稀奇大魚，牠和白帶魚同體型，眼睛大得像牛眼，體長逾八尺，胸腹最寬處幾近兩尺。牠尾尖被咬斷一大截。剖開牠的腸胃，滑溜出一條被牠吞食外形完整的白帶魚，牠肚子裡這條白帶魚嘴裡吐出一尾紅目鰱；紅目鰱胃裡擠出一條鰹魚肉餌……繩鈎上的漁獲，在水底下的層層搶食，輾轉演變得越來越大。斷繩的機會也跟著越來越大。

看得出來，海湧伯並不樂意多大的魚上鈎，紅目鰱是他這趟出海意志裡唯一的目標。紅目鰱才稱得上「魚」，其他的都被他叫做「雜貨」。

「幹，斷去了。」海湧伯咒罵一聲，吩咐我迴轉船身，趕緊朝另一頭燈旗急駛。

海湧伯對待上鈎的河魨最不客氣，因為牠們長著密合如剪子的利牙，最會咬斷漁繩。海湧伯握住釣絲，將河魨往舷板上猛力甩打，釣絲甩斷，這一下河魨撞昏了頭，咬著魚鈎翻浮在水面上顫動。

一下子而已，這隻河魨四周圍了一群河魨。我以為牠們是來救治，或是前來探慰牠們昏厥的同伴。但我親眼看見，這隻昏厥的河魨，牠的肚腹瞬時被同伴咬爛，像是在幫著海湧伯懲罰牠，身上鮮白的肉被同伴們一口口爭食啃去。

從另一頭收起，拔回不到四百公尺，繩頭一鬆，又被掠奪者齧斷了。兩端繩頭都被牠們像是有謀略、有戰術的截斷了，中間的一大段也將被咬做幾小段，四散漂流。海湧伯爬上塔台，甩著燈，匆匆行船在海面上搜尋失散的浮球。

「啊！我的三粒沒找到，誰看到的話喊一下。」

「啊！我損了一簍棍仔，不知流哪裡去了。」

海面上船隻橫衝直撞，都在尋找他們失落的浮球和棍繩。

「幹，干吶出來耍『棍仔戲』。」

我們只剩一粒浮球流失，海湧伯持續驅船張望。海面波光點閃，這一陣衝刺競爭，意外發現，忙得被忽略的天色已經悄悄亮起。

海上晨霧朦朧，西風緊張，氣溫仍然低迷寒涼刺人，但我們全身汗濕。海湧伯判斷了一下海流，我們驅船順流追去。海湧伯不輕易放棄任何一條家人託付的餌鉤。

晨光斜照，船隻返航。魚箱子裡七分滿，大約有七、八十公斤魚獲，算不上豐收。海湧伯換上夾克，沒說一句話，搬一簍繩籃坐在船尾默默清理。我想，如果沒有這些爭搶、掠奪，我們的收獲應該會在兩百公斤左右。海湧伯像是習慣了這樣子的競爭，習慣了海洋這款模式的分享。

我在艙裡掌舵，臉頰手掌回冷刺痛。離開漁場、離開戰場後，海上落回這季節陽光如何也驅不走的寒涼裡。

OCEAN
TAIWAN'S Ocean Literature

海之手

曾經在清水斷崖邊的村落，認識一位太魯閣族老人，他從小就在陡峭的山林裡生活，今年七十多歲，身形瘦小，腰桿有些弧彎，腳板狹長外翻，和羸弱的體材很不搭調，腳趾頭出奇的長，尤其大拇指和其他四指遠遠開叉，除了腳背上沒長毛外，那簡直是一雙猿猴的腳。

老先生走起路來顛躓不穩，平地對這個老人來講反而崎嶇。村人說，這位老先生攀崖爬樹身手俐落，能用腳趾勾住樹枝身體倒掛；因為山林生活，老先生的腳，已變形為特殊功能性肢體。

討海人長年海上生活，拔繩、拉網大抵仰賴手力。尤其老討海人，大約一、二十年前船上機械設備缺乏的年代，所有與海洋的拉拔，全由那雙手臂和指掌來承受。

這些老討海人並不特別魁梧，臂膀看起來也不特別粗壯，更沒有健美先生丸結突露的三角肌和背闊肌，他們的體材如尋常人一般，甚至更瘦小。

但是，他們那一雙手，一眼就能看出是歷經滄桑、受盡折磨，而且儲存著力量的手。那雙手，儲存著一樁樁海上拉拔討生活的巨大能量。

那是雙並不怎麼好看的手，掌肉又厚又重，恍若失去了一般肉體彈性，堅硬得像一片沒有掌紋的鑄鐵。指頭粗壯肥短，一根根指頭沒有間隙地擁擠簇縮，牢牢併在一起，每個指節都像戴著一環環癲瘤戒指，指頭內彎彷彿再也不能平展伸直，那是隨時就要緊緊鉗住時機，就要隨時掌握剎那的姿態。

那是雙並不怎麼好看，但很有分量的指掌。

漁港裡曾經發生過一起打架事件，老討海人只是輕輕一掌甩去，那個蠻壯的年輕小伙子就像是機車撞上了貨卡，輕脆一響，順著老討海人的手勢應聲翻倒昏死過去，鼻孔嘴裡噴血，恐怕鼻骨折斷了，牙齒不曉得掉了幾顆。

才討海不久，常看著海湧伯拉拔漁繩拉到吐大氣，我憑藉著年輕氣盛很有氣魄的跟他說：「可以換人拉拉看。」海湧伯往往笑而不答，意思好像是說：「年輕人不知死活。」終於有一次，他手一攤把繩頭交給我。

那絕對不是沉重的死力，也不是魚體的拉力，那樣清楚地我感覺繩索顫動，那是一道軟軟的彈力，並不困難拉動，但是必須付出力量撐住的繩索。感覺像在拉一張迎風鼓漲的風帆，像是在和海流活絡絡的拉力拔河，水下那頭是大海沉著的呼和吸，是大海整個生命體聚在繩頭另一端的擺盪。

要拉動這道漁繩並不困難，五尺、十尺都還容易；三十尺、五十尺開始氣喘吃力；一百尺後，兩臂痠痛，腰椎僵硬，指掌不聽使喚，漁繩變得滑溜溜的不能掌握，這時候，水下至少還有三千尺漁繩等著收拉。

那雙手比外觀靈巧，催綁漁鈎漁繩，或補網、繫繩，不輸給女紅般的細膩手藝。那雙手會說話，漁事作業途中，那雙手無時無刻在傳達命令，指揮方向。那雙手很動人心弦，當討海人的指頭指住海上奔游的獵物。那雙手有時也很溫柔，當討海人手勢比劃訴說著精彩的海上故事時。

還沒當討海人之前，有次搭漁船出海垂釣，遇上暴風雨，船長將船隻駛入灣內下錨避風。隔天，風暴過去，船長吩咐我和另一位壯碩的釣客一起拔錨。一陣子後，兩人氣喘吁吁，錨碇還沉沉遠遠拖在水底。船長實在看不過去，搖著頭跳過來，奪去錨繩。我看船長瘦瘦小小，怎麼看也不可能擁有我們兩人加在一起的力量。

但他就一個人，像吃麵條般唏哩呼嚕，沒有稍停，兩三下就把鐵錨拉上來甲板上。

每次收網、拉繩過後，我總會有一星期左右骨頭痠痛，尤其指掌關節全都腫脹疼痛，一覺醒來，手指蜷縮伸不開來。這時，海湧伯都會說：「泡泡海水，力量就回來了。」

有次拉一條五百公斤重的大魚，大約耗了四個小時才把魚體拉上甲板，我全身虛脫地坐在甲板角落兩手鼓鼓顫抖，海湧伯駛舵回航，艙裡不斷笑著搖頭，好像在說：「唉，年輕人。」

那雙手很少比力氣，討海人好像認為力氣該用在必要的時候。討幾年海後，有一次幾個岸上朋友一起喝酒，酒後興起，幾個朋友相邀比賽「押手霸」比手力。小桌子擺在中央，酒杯掃到一旁，朋友們都算高大好漢草，當他們捲起臂袖，二頭肌扞格撐起，像一粒粒大饅頭，咬牙切齒，拚得額頭汗水淋淋。

我在一旁觀戰，心想這些朋友的力道應該都遠勝過我。

輪到我時，號令離手，我不過才使勁下壓，還沒拚出最終力道，朋友鼓脹的二頭肌就已被我壓在桌面上如垂死魚隻般抽搐。

不相信，那晚，一個接一個都過來挑戰，一個接一個都一樣下場；簡直像秋風掃落葉。

從來沒看過討海人比力氣「押手霸」，那雙手儲存的能量是內斂深沉的，就像老討海人喜歡把一雙手插在口袋裡，那雙手在海上時才會如魚得水般甦活醒來，像湧浪的手，有時溫柔，有時暴烈。

OCEAN
TAIWAN'S Ocean Literature

海上尪某

討海，可說是全然男性的空間。漁事拉拔需要勞力，行船海上往往拚風拚浪，再加上血腥、日曬、顛簸，海上漁撈其實並不適合女性參與。偶爾，船上話機傳出女性聲音，我一直以為那是來自岸上漁人家屬的呼喚。

那天，大概清晨四點左右，我們在水璉鼻漁場捕抓紅目鰱。連日鋒面滯留，使得海上霧靄迷濛，先是南風，凌晨轉為微弱北風，清晨時西風堅強，這多變的天候海況，收拉漁繩得特別費力。

我在駕駛艙操船，海湧伯佇立船前拉繩。

大片混沌晦暗裡，我感覺船隻搭乘風的漂流和水的盪漾，漁繩不斷扯緊。氣溫寒涼，我套上夾克，海湧伯只穿著汗衫仍拉得滿頭汗水。

一盞朦朧船燈在左側海面遠遠浮現。隨著拉繩驅動，這盞船燈似乎與我們船隻越靠越近。

大約五十公尺距離，看出來是另一艘作業船。「啊！可能相犯（兩艘船漁繩鉤纏在一起）。」海湧伯說。

受制於漁繩拖拉，兩艘船的行徑像兩條交叉線，勢必在前頭海面漁繩交叉點上碰觸。

二十公尺，對方漁船輪廓從濛濛霧裡現身，那艘船上同樣兩個人作業，一個隱在駕駛艙裡操舵，另一個在船頭舷邊俯仰拉繩。

船隻順力往交叉點徐徐邁進，兩艘船船尖斜角相倚，相隔僅僅兩三公尺。這時，我發現對方船頭拉繩的漁人體格異常豐滿，穿碎花衣裳，戴一頂白色寬邊帽，像水餃樣的彎弧從頰邊綁緊在下額。

那不是一般我熟悉的討海人裝扮，我懷疑那位拉繩的漁人是個女性。

可是看她孔武拉繩，一樣俐落的扯魚拔鈎，不曉得是否主觀，直覺上這位漁人的動作似乎幾分細膩。

收拉漁繩是項粗重的勞力，尤其對手掌是很大的折磨；我又懷疑，女性應該是做不來這樣的工作。

話機響起。

是對方駕駛提醒我小心船尖碰撞，音調是尋常討海人的粗魯腔調。

我又想，這沒什麼道理，難道對方船上是男人擔任較輕鬆的操船任務，而把粗重的拔繩工作交給女性。

兩艘船謹慎的折衝禮讓，穿越交叉點後，如擦身而後分道揚鑣的兩顆流星，越去越遠。海面濃濃霧靄，也漸漸迷濛了我的疑惑。

那天豐收，紅目鰱紅鮮鮮塞滿漁艙。豐收的愉悅移轉了我的焦點，一直到天亮，我不再想起男性女性的問題。

回航路上，海湧伯倚在駕駛艙牆板上睡熟了。他兩隻拉繩的手掌翻靠在膝蓋上，指尖微微抽搐顫抖，我曉得，拔棍拉繩是相當吃苦的工作。

卸完漁獲，船隻開往內港泊靠，我們後頭跟來那艘與我們在漁場相犯的船隻，但船上僅有一人在駕駛艙裡。

「喂，掠幾斤？」熟悉的粗魯腔調。

「兩百多啊，你咧？」海湧伯回應。

「阮三百多咧……」話還沒講完，背後忽然傳來一陣挫幹撈：「幹，嘸趕緊駛過來綁綁咧，還有閒閒講，不要命你啊，幹。」語調猛烈，如機關槍掃射，噠、噠、噠、噠，語氣和男人一樣粗魯，但語調明顯屬於女性。

漁港轉角處，一位壯碩婦人，左手插在腰間，一根指頭狠狠比過來，一點也不顧及情面，十分霸氣。

只是動作慢了點，她緊接著又幹了一陣，像在罵孩子一樣。

「哪有可能這樣的事。」我心裡想。按一般討海人脾氣，哪有可能隱忍這樣被一個查某人喧囂叫罵。

那艘船慌慌張張，偏閃離去，朝著碼頭轉角那位婦人駛去，像條犯了錯的小狗，夾著尾巴蹲伏著靠近牠的主人。

「哇，恰北北，生眼睛沒看過。」我看了一眼海湧伯。

「人有本錢啊！」海湧伯似乎理解這樣的事，他說：「你嘸知，海底欸工傀，夠卡粗重，人一句話嘸講，又緊腳緊手，而且有夠細路；兩尫仔某，啥米海路攏嘸討輸人，一年冬掠咧幾百萬咧！」

我這才發現，那婦人的碎花衣裳和水餃樣的寬邊帽。

我還是幾分懷疑和不服氣，問海湧伯說：「啊，鏢魚她甘有法度？」

「啊，尫站鏢頭鏢魚，某負責拉拔出魚，一點也嘸輸人。」

後來，聽到別的討海人談起他們尫某，雖然取笑、玩笑的話語佔了大部分，但是，很明顯的，每個討海人對那位海上查某人都幾分敬畏，也對他們夫妻同船漁撈表露出欽羨的意思。從他們閒聊口中，我知道這一對海上尫仔某感情真好，海上工作相互搶著做。只是他們的對待方式和一般夫妻不同，是討海人對討海人，是船長對海腳，像海湧伯和我的對待關係，直接、粗魯，沒有心機，沒有隱瞞。

後來，海上再看到他們，我不再疑惑而是深深感嘆，他們真是和海洋深交，讓人欽羨的一對海上尫某。

OCEAN
TAIWAN'S Ocean Literature

睡在海上

年少時，常愛作夢，夢想躺在小船上，四周昏暗靜謐無聲，水波湧動船身若一只搖籃，月光清冷，船隻在銀白波浪間自在漂流。

成為討海人後，夢想成真，時常得睡在海上。

現實和夢想間的距離相去如天上、人間之別。尤其是睡在漁船上，那真是輾轉點滴，以時間、經驗累積下來的海上生活功夫。

回想起來還是覺得好笑，活了三十幾歲，還得從頭學起如何在海上睡覺。

下海成為討海人那年冬天，我和阿宗兩個人出海放網捕抓旗魚。我們大約在下午兩點出港，阿宗把舵，船隻開到漁場大約需要兩個鐘頭。一路上，阿宗反覆叮嚀要我去睡，他說：「海上有閒就要睡。」當時，我是沒聽懂，為何走水路這段得入睡，況且，白日天光下如何說睡就睡。

天黑後，我們撒網、收網、起魚，一夜反覆三次，在天亮後結束這一航次的作業。回到港裡卸魚、整理網具後已接近中午。回家換洗、吃飯，迷迷濛濛才剛躺下，催促出海的電話鈴聲又嘈嚷響起。

連續幾天下來，不用阿宗叮嚀，一上船我就忙著找地方躺下，並且熟睡。

每艘漁船都有睡艙，一般設在船肚子裡。船身中段甲板上靠近邊舷位置，甲板上有一只約兩尺四方稍稍突起的木頭蓋子，掀開木蓋子，是個方井洞口，洞內幽暗森森，一股不知封藏多久的潮濕霉味立刻衝出井口，沒錯，從洞口下去，便是這艘漁船的睡艙。

我佇在洞口猶豫了一陣，懷疑那樣的睡艙如何入睡。顧不得那麼多了，眼皮重得像吊著幾斤鉛錘。撐開手臂在洞口，像撐雙槓似的讓身體盪下去。踩到井底，恰好剩一顆頭顱露出在甲板上。

縮身下去，艙裡幽暗，空氣流通不良，鼻子裡多種氣味混雜，這空間不曉得被禁閉了多久。我爬在床板上摸索許久，終於探著了艙牆上的電燈開關，「啪」一聲，六十燭光的昏黃燈泡剎那散出光芒。

「阿娘喂！」燈不亮還好，燈不亮只有嗅覺和觸覺，燈一亮硬是加上了視覺，那至少十數隻蟑螂在床板上窸窸窣窣往各角落奔散。一張草席鋪展在床板上，上頭散亂著一床花布棉被。

真不曉得該如何形容睡艙裡的這些寢具，潮霉霉、黏瘩瘩，我恍如置身在鹹菜桶裡，恍如跌落在滴著水聲到處長滿苔蘚的洞穴裡。

可是我不能不睡啊，再不睡的話，就剩下半條命。

躺下來，想像這是一間乾爽的房間。

引擎隆咚咚麻顫顫，引擎室就在一牆之隔，睡艙這個密閉空間，彷彿成了引擎聲的共鳴音箱，巨大的震響迴繞再迴繞，終於全都灌注在我的耳膜上踐踏。燈影下，空氣中浮著一層令人作嘔的柴油青煙。船身搖咧、晃咧，血液像半瓶水在軀體裡咕嚕嚕竄流。雖然躺著，但每一吋肌肉似乎都在運動，這邊推、那邊擠。我的眼球應該像羅盤一樣，浮在眼眶裡轉呀轉的。

不能不睡啊，我不斷告訴自己，身體的每個細胞都渴望睡眠。想像這是一只搖籃，想像母親的手溫柔有韻律地推動搖籃。但是這想像，在這潮霉、嘈鬧、窒悶、搖晃不定的密閉空間裡不容易著根。

這是我曾經遇過最最惡劣的睡眠環境。

每天傍晚，當我眼睜睜看著晚霞漸漸熄滅朦朧，恍若心頭的一絲光明也隨著天光離我遠去，我有著強烈被遺棄的悽愴，心情沉重暗轉，睡艙的陰影開始在我心頭興風作浪。我終於明白，海上有閒就得學習入睡，也是老討海人講的：「能在睡艙裡入睡，是學當討海人的第一步。」

後來我發現，阿宗或其他討海人很少下去睡艙裡睡，他們以不放心我掌舵為理由，寧願裹著毛毯斜倚在駕駛艙角落瞌睡，不然就是縮躲在駕駛艙前我們稱作「厝間仔」的小儲藏室裡。這是船上討海人的階級樓梯，當我歷練足夠能在睡艙裡睡著，那麼，就有資格登上甲板，在船上任何一個位置睡得著。

隔年初春，紅目鰱漁季，船隻凌晨兩點出航，我因為夜裡掌舵經驗不足，被允許在到達漁場前先睡。寒風抖擻，能夠躲入睡艙裡睡已是天大的幸福，況且我已適應將睡艙當做是一個溫暖的臥房。偶爾，我也學他們鑽進厝間仔內睡一下。

厝間仔位在駕駛艙底下，寬約四尺，高不超過三尺，裡頭堆滿雜物；一只羅盤、一袋米、幾包麵條、罐頭一堆、紙錢、衣褲、漁具……應有盡有，像一間亂七八糟擁擠不堪的雜貨店小倉庫。厝間仔牆上掛滿各類儀器，各種開關，這樣擁擠的倉庫空間蟑螂當然不會太少。

在這裡睡，得有縮骨功，先彎腰狗爬鑽進小室裡，雜物擁擠連翻身都得一番努力，墊底的雜物凹凹凸凸稜角堅硬，兩腿蜷縮盤起，膝蓋恰好抵住牆緣，對講機喇叭就懸在上頭，船隻間講話被放大得刺耳聒噪。沒關係，只要睡艙裡睡得著，在這裡便能輕易入眠。只是，一下子手麻，一下子腳硬抽筋，一下子身體某部位被墊底硬物撐得痠疼，都無所謂了，翻個身就能連續劇般的連接夢境。

幾年漁船生活經驗後，現在，便到處都能睡了，甲板上角落，漁網堆上，走道甲板，甚至靠著船尾板也能鼾鼾打呼。有時一陣浪花潑上來，打濕了衣服，醒來一下，拍也不拍，照睡如常。有時下雨，裹著雨衣側躺在甲板上，耳邊滴滴答答雨聲吵鬧，還是沉沉入眠。比起睡艙裡震顫共鳴的引擎聲，這些雨滴聲聽起來恍如柔美的小夜曲。

有次冬天鏢旗魚，風浪大約八級，船隻扭晃得厲害，我們高高站在塔台上整天沒看到半條旗魚。沒有漁獲最容易疲倦，當船隻轉頭返航時，我累得不願意下去甲板，就隨意躺在駕駛艙屋頂上。屋頂光滑沒有邊欄，僅在中央繫綁著一根粗壯的竹竿，我就這樣單手單腳勾住這根竹竿，竟然這樣一路睡到港底。

具備這樣的睡覺功力後，夏日海上，我終於尋回了年少時的綺麗夢想。

當漁船上所有惡劣睡眠環境都一一適應之後，夏日夜晚，躺在甲板上，便能享受神仙般的逍遙隨興。

海面螢光應對天上星辰繁燦，宛如躺在纍纍結實的花果棉絮裡，很容易錯覺自己橫躺的軀體就是一葉小舟，泛漂在迷離靜瑟的霧靄裡。月光遍撒銀粉，淡雪堆積在我鼻峰，滑下臉頰，停在我唇邊，再緩緩溶入嘴裡，月光裡有淡淡的甜味。得了月光養分，小舟搭乘歌聲動力，回溯我睽隔已遠的年少浪漫。

月夜海上，當我快睡著時，常幻覺聽到歌聲。「夜已深欲何待，快回到海上來」、「舊夢逝去，有新侶作伴」、「讓我的歌聲隨那流水，不斷地向你傾訴」……

海上歌聲柔潤，冰晶，且綿綿不絕，這時，不再是睡不著，而是捨不得睡了。

OCEAN
TAIWAN'S Ocean Literature

卷四．
海洋鯨靈

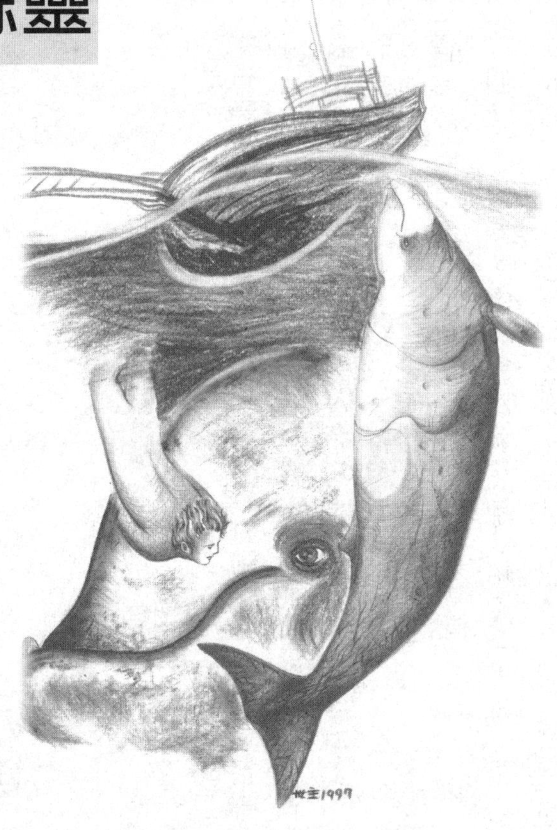

我想起為何鯨群會再次選擇回到冰冷的海洋生存？
我回想自己點點滴滴從海洋獲得的溫暖感覺，
回想自己決定下海成為討海人的心路歷程，
我恍然能夠理解，他們的選擇和深沉的孤獨。

OCEAN
TAIWAN'S Ocean Literature

鯨

鯨是哺乳動物，不是魚類，由原始有蹄類髁節目中的爪獸科進化而來。書本上說，所有地球上的生命源起自海洋，有多種生命上了陸地演化，鯨是少數上岸後再回到海域生活的哺乳動物。這是否意謂著，鯨類具有恆古的智慧？

鯨，曾經長達兩個世紀被人類滅絕式的大屠殺，不遠的二、三十年前，一個漁季光是在南極附近被捕殺的鯨就超過三萬七千頭。遠在十九世紀初，國際上即有停止屠殺鯨魚的意見被提出，但抵不過現實利益，屠殺

行為不曾稍停。一直到一九八八年，鯨的生存已出現明顯的滅絕危機，國際上各捕鯨國才勉強同意全面禁止商業性捕鯨。但假借「科學研究」之名繼續進行的屠殺行為仍時有所聞。

不曉得為什麼，我極不情願必須從書頁中來了解鯨。行船海洋，當我看到海上活生生的鯨，我的意識裡是看見了大海的神祕與恢宏，看到了一時心情容納不下的一條大魚。印刷在狹窄書頁上那靜止不動的鯨，是如化石般被研究被解析的圖鑑，一如森嚴柵欄隔離下被觀賞的動物園動物。

出海捕魚前前後後十年間遇見過三頭大型鯨。一條死去浮在水面，兩頭還活著。

台灣海域，連路過的大型鯨都已相當稀少，牠們如黎明天空殘餘的微星。

我是何其幸運，還能及時在牠的花園裡看見牠。

討海人對鯨的稱呼簡單籠統，體長大過船身，且龐碩嚇人的大型鯨，統稱為「海翁」；其他的中小型鯨豚統稱為「海豬仔」。

捕魚這些年，曾經多次和「海豬仔」有過壯觀接觸經驗，那是大約數千條各類海豚圍住船隻，從船上望去，視線所能及的海面全是牠們湧動的背鰭和翻跳拍躍的水花。好幾次接觸經驗中，我能辨認出的有飛旋海豚、瓶鼻海豚、花紋海豚、弗氏海豚及熱帶斑海豚。

有一次，我們停泊在海上等候潮水，一群約四、五百條的中型鯨從左舷側湧來，船上夥伴大聲叫嚷：「哇，是一群大海豬仔。」牠們兩隻一對，併肩緩緩同游，幾乎是分秒不差動作一致的同時切露出背鰭，並同時埋下水面。一對和另一對前後間隔大約五公尺，排列成一長串，像是正在進行集體結婚儀式。

牠們列隊踩過水波下的紅地毯，四周響起肅穆的波浪樂曲，一對對從船頭優雅地穿切游過。長列隊伍至少行進了半個鐘頭仍未中止。

船上備有漁鏢，船上有好幾位勇猛好戰的漁人，但是那天氣氛莊嚴，沒有一個同船夥伴想到要舉鏢刺殺牠們。我們都反常的，像是受邀前來讚美婚禮的彬彬觀禮者，我們臉上感染幸福的微笑，看著牠們一對對在船前泳過。儘管後來知道那一對對經過船前的都是母子對，不是情侶，但完全不影響那是和「海豬仔」們最動人心弦的一次接觸。

第一次看到「海翁」，天色剛剛亮起，我們在漁場裡才拔完了延繩釣所有的繩鈎，海湧伯拉撐油線，船隻回首返航，當時，我站在後甲板上收拾零亂的浮球和繩索。

船前大約五百公尺處，忽然拍起一樹高聳的水花。

我心頭一驚和海湧伯同時瞪看船前，到底是什麼大魚浮在水面打出水花。

牠把尾鰭高高舉在空中，像一朵巨大的黑色鬱金香水面綻放。一下子後這扇尾鰭搧打下去，很用力很故意的連續搧打水面。一次又一次，牠反覆著同樣的動作劇烈甩尾。

我拋掉手上工作，兩三步攀上塔台，船隻朝向牠屢屢高揚的尾鰭邁浪前進。

靠近後發現，牠體色灰黑，但皮膚上長著許多凹凸白斑，像是得了痢痢，給人髒兮兮的觀感。也許，這些雜花白斑所引起的醜陋不潔感覺，讓我直覺到，牠反覆的拍尾動作似在苦痛掙扎，似在控訴，似在為牠族群垂危的性命拍尾抗議。

塔台上晨風水花撲臉，我感到心痛，剎那間，我似乎能理解牠的這一串肢體抗議，理解牠的鬱悶和孤獨。

牠外觀極醜，但後來回想時牠又變得極美，我無法拿一般審美的尺來丈量牠，也無法用任何的長尺來丈量牠在我心頭的長度。記得，當時我心裡滿滿塞著一句話想問牠：「茫茫大海，為何你踽踽獨行？」

一百公尺距離，海湧伯大聲喚我：「下來，下來，換我看。」我很意外，像海湧伯這樣的老討海人也和我一樣有著急於想看見牠的衝動。

相隔五十公尺，我把船速放慢，船尖朝牠泊近。

牠似乎知道船隻迫近，停止甩尾，和船隻並行游動。牠背鰭如蛟龍翻騰，弓屈著一陣陣出露舷邊。海湧伯震撼得「哇，哇，哇」嚷個不停，他頭也不回的尖叫：「不要慢、不要太靠近。」我知道，海湧伯對這頭遠遠大過船身的鯨有所畏懼。

這頭鯨對我們的接近似乎並不害怕，仍與船隻並行同游，像是在猶豫著船隻和牠之間的距離。牠頭顱始終埋在水裡，彷彿猶豫著這艘船接近的善意或惡意。

這時，之間距離不到十公尺，牠不沉沒，也不逃避，就這樣穩穩游著。我想，這就是鯨致命的傷，牠的遲疑足以讓捕鯨船上的鯨砲從容射出。

「哇，噴花啦。」海湧伯驚呼。這頭鯨三次從頭頂噴出一團水霧，像著根在海面上的一樹大棉花。「哇，真快啊。」牠越游越快，仍保持著直線游進，船隻幾近滿俥，才得以和牠並肩同游。

海湧伯一邊驚呼，一邊不斷催我偏離船身，我不聽他命令，堅持船舵和船速與牠並行。我知道這場因緣際會的接觸，在牠慢半拍的警覺後，可能將短暫的如流星般，隨時就要離我們遠去。

海湧伯終於下來了，搶過舵柄，推舵離開。

我攀住船舷欄杆，還想上去塔台時，鯨再次高高舉起尾鰭，我轉頭恰好看見一葉壯觀的尾鰭弧線，在海面上連續揮擺，像是道別的巨掌。

我內心一團火熱，兩眼睜亮，隨牠高舉的尾鰭漸漸沒入海面。

啊，好想再看到牠，多麼期待，還有機會和牠並肩同游。

接連好幾天，牠的身影佔滿我的心胸，好幾次翻閱圖鑑找牠，我猶豫起牠的名字，是灰鯨，還是大翅鯨？

我明白，即使在書冊裡驗證了牠的名字，也無法平息我在海上與牠短短片刻相聚所感觸到的，牠的孤獨，牠的猶豫，牠的道別。

另一次遠遠看到牠，也是孤獨一頭，牠一路噴著水霧在傍晚時分。當我們趕過去時，天色已暗，牠已隱身離去。

再一次遇見，牠腫脹翻倒，漂浮在水面上。

遠遠海上，牠像一座孤島，腐敗屍肉堆疊的一座孤島。

船隻駛近，空氣裡瀰漫濃濃腐臭味，牠側翻的肚皮上破了一個洞，腸子流出，順流綿延了數百公尺長，像一條已經和大海拉斷關係的臍帶，像一片斷了線的風箏。

船隻繞著死鯨轉了一圈，我辨認出，牠是一條喙鯨。

像在觀看一具標本，像在觀察書頁裡的圖樣，那是沒有生命，沒有溫度的一場接觸。多大的遺憾，當我能夠從容靠近，牠只留下赤裸裸腐敗的軀殼，牠的生命已經離開遙遠。

鯨的脂肪很厚，牠的體溫被包裹在深層內裡，表皮溫度和體溫溫差達攝氏三十度左右。

牠內溫外冷。

十年捕魚經驗，海洋給我的知覺也是內溫外冷。清冷孤絕的外貌下，海洋和鯨都若即若離，隱隱含含向我透露著牠們內裡的溫暖。

當我想起，為何牠們曾經上岸生活的祖先會再次選擇冰冷的海洋做為生活領域，我回想自己點點滴滴從大海獲得的溫暖感覺，回想自己決定下海成為討海人的心路歷程，我恍然能夠理解，牠們的選擇和牠們深沉的孤獨。

OCEAN
TAIWAN'S Ocean Literature

墳墓與橋

縣政府李先生告知的擱淺地點相當精確，過了岬角，在墳墓與一座橋之間。

車子緩緩靠邊還未停妥，就看到了遠遠礫石灘上一橫隆腫的屍首。兩個人影在灘上停駐，似在撿拾石礫，似乎無視於這條腫脹屍首的存在。冬日微陽煥照出荒野砂灘一片清冷，海潮恍若陷落般遠遠退卻。

我總是覺得，海灘是海洋與陸地兩個世界的界面。這裡是我們腳步的終點，卻也是我們視野無限延伸的起點。一條鯨，在這個海灘擱淺死去，

牠選擇這裡為生命航進的終點。

這條擱淺的鯨，嘴頷長在頭底，形似鯊魚，頭殼憨憨大大，下頷疏疏落落釘狀齒列，上頷一根牙尖微微露出牙齦，三角背鰭，體長約兩公尺多。從這些特徵，大致可以判定這是一頭侏儒抹香鯨。

侏儒抹香鯨是深潛型鯨類，主食魷魚，當牠浮上海面呼吸時，若船隻忽然靠近，或漁人擲鏢刺牠，牠一受驚嚇，會立即排出血紅色糞便。一團殷紅血霧障眼中，牠得以從容脫身。

章魚等頭足類在危急時藉噴撒烏墨遁逃，人類行為中有人擅長使用「尿遁」脫身，侏儒抹香鯨則使用奇特的「血糞」脫逃。

漁人擲鏢刺牠後，海面一片血霧，到底有沒有傷到牠沒人知道。因此，漁人通常稱呼牠「血鮕」。

牠頭尖圓鈍，身材肥胖，大眼窟小眼睛，嘴頷顯得小巧可愛，稱上頭側的假鰓裂，使牠的臉部表情看起來滑稽突兀，一幅老朽可憐的模樣，彷彿大家都對不起牠似的，我們常戲稱牠們是「苦瓜臉」。

鯨類個體擱淺的原因很多，生病、受傷、年老、回聲定位器官出了毛病……總之，是有不正常情況下才會上岸擱淺。海洋是牠們的生活領域，也是牠們死後的墳場。擱淺鯨類把海灘當做牠們的最終歸宿，是否意謂著某種不尋常的意義。

這條擱淺上岸的侏儒抹香鯨應該是吃足了苦頭，左胸鰭斷裂，背鰭糜爛壓在身上，尾鰭彎扭變形，似是翻了一轉，身上有個圓盤狀傷口；牠的死亡姿態似在訴說生前的種種遭遇。

下頷白骨露出，大眼窟裡蛆蟲滾滾湧動，隨手撿一根樹枝，撥開牠體側的傷口檢視，就那一層橘黑色皮膚下，所有的肌理都在汩汩波動，那是密得不能再密幾乎沒有間隙滿滿包裹住的大團蛆蟲。

當生命離開，腐敗從體內體外開始進駐，醜陋的面貌，湧動的蛆蟲，瀰漫的惡臭，這些將一直持續到形體化做塵土和骨骸，這過程中，軀體將釋出養分，豢養另一起生機，這是大自然無可避免的死亡規律。

這條躺在沙灘上腐化中的侏儒抹香鯨，已經沒有表情，連那楚楚可憐的苦瓜臉也已消逝腐爛。

午后，李先生借來一輛小貨車，鄉公所幾位課長、職員驅車前來幫忙，一輛巡邏警車兩名員警也熱心下來協助，我們打算將這條侏儒抹香鯨運送到學術單位做解剖研究。

我們得先把這頭鯨翻上一塊繫好纜繩的木板上，這個工作並不輕鬆，因為死亡的腐臭氣息就貼緊鼻尖，蛆蟲滾滾好像就要攀上手臂，而且，死亡總是特別沉重，我們八個大漢一起使力，才拖動牠在灘上滑行。

浪濤越來越遠，從牠擱淺位置起，灘上劃下一道拖行的深刻沙痕，之前，牠上岸掙扎困鬥的痕跡早已被潮浪抹去。我想到書中談到的鯨類擱淺處置要點：擱淺的鯨類，通常是生病或受傷，如果遇見了，請立刻與保育單位連絡。如果動物未死一息尚存，請用濕毛巾覆蓋其身體，在胸鰭位置的沙灘上挖洞以減少壓迫，並隨時澆淋海水避免皮膚乾燥……

幾天前，一條柯維氏喙鯨在東海岸擱淺，當下被圍觀的群眾宰殺分食，這是多大的諷刺，這個年代食物並不匱乏，我們欠缺的是寬容對待其他動物的心。比較起來，這條腐臭的侏儒抹香鯨還算幸運，雖然醜一點、臭一點，但少了些貪婪血腥。

好不容易又拖又抬終於上了車，大家都累出汗水。司機先生說：「臭嘎嘎，重壞壞，挖個坑埋了可能比較輕鬆。」警員說：「味道跟人體臭掉一模一樣。」鄉公所職員說：「奇怪，我們看又臭又髒，不值一文錢，研究單位竟然看牠是個寶。」我們也談起那頭被支解的喙鯨。

這頭侏儒抹香鯨的擱淺，證實這個海域牠們曾經存在，經由學術單位的解剖分析，或可讓我們更了解及關心牠們。至少，牠讓我們素昧平生的一群人在這荒郊野灘談論起嚴肅的生死價值。

海灘是個界面，這頭侏儒抹香鯨意外的闖進這個海灘擱淺，牠或許不由自主地將這段海灘當作墳場，其實牠也不由自主地當起一座橋樑，藉由這座橋，或許我們有機會學會對生命的包容與尊重。

【附錄一】

凋零海洋

花蓮面對浩瀚太平洋，海岸線長達一百二十四公里，是台灣海岸線最長的一個縣市。海岸平直，少天然港澳，冗長海岸僅一北一南兩座漁港。港區狹隘零亂，泊港漁船大抵老舊衰敗，漁港現出凋零氣息。這裡的漁船似乎無法與天賦的廣大海洋結緣。

中央山脈、海岸山脈層巒交疊，緊貼海岸昂拔挺立，如昇起海面的一道聳天城牆。陸地平原呈窄狹零星狀點綴在山麓海崖間，海面下，延續陸地地貌特色，稍稍離岸一兩海浬外，即是深達千餘公尺的太平洋深谷海溝，像岸上高山倒影，水面下也是那昂拔挺立深不可測的絕壁崖谷。

水深兩百公尺內的淺海大陸棚架，是海洋生物最繁盛的海域。花蓮海域，這道魚類聚居的大陸棚架，大約僅兩浬寬，偎著海岸在水面下帶狀迤邐。

花蓮捕撈漁業，以這條狹長海域為主要的作業場所。花蓮漁業基礎受限於漁業資源腹地狹窄，捕撈條件相當嚴苛，幸好，也因為深水絕壁之海床地形，北赤道暖流的支流——黑潮，得以靠岸湧行。如母體餵哺幼兒，黑潮翻攪海底有機鹽浮上沿岸海域吸引富饒的浮游生物和洄游魚類靠岸，綿綿不絕地滋養了花蓮沿岸海域。花蓮漁業發展的脈絡，可說是吸吮著黑潮這道奶水而成長持續。

海湧伯在花蓮沿岸海域捕魚三十多年，他繼承花蓮傳統討海人靠海吃海的捕魚技能，從手搖竹筏到今天的動力木船，他親眼親手見證經歷了花蓮沿海漁撈的興盛與沒落。談起漁業環境的變遷，海湧伯語氣沉重的說：「我絕不會讓我的兒子繼承討海這條路。」也難怪當我告訴海湧伯，要跟他下海學討海時，他頭也不回冷冷的說：「走不識路啊，走討海這途。」

好幾次，我和海湧伯把船駛進黑潮裡，黑潮潮水水色墨藍清澈，浪丘汩汩脈動，似蘊藏著海洋的無窮生命力量。我曾經在黑潮水面下，看到蜂擁急行的大群鰹魚；看到花彩魚在海面輪動跳躍；看到千百朵水母如綻開的花朵湧浪前行；看到發著螢光的浮游「夜光虫」如千萬顆璀璨晶鑽耀閃月夜海上……在黑潮裡，我可以感受到海洋的富饒生命；可以感受到海洋活生生的呼吸脈動。

洄游魚類進入沿岸海域，如遷徙的候鳥經過長途飛行後來到落腳棲息處，牠們在沿岸海域停留覓食、繁殖交配……牠們只是過客，待季節時序一到，海洋的時鐘將催趕牠們，再次搭上黑潮潮流，遠遠離去。

海湧伯長年捕魚生涯，使他熟知海洋時間鐘。他曉得在春寒節氣拖釣鹵鰹，在春末夏初捕抓魚，接著是鯖魚、鰆魚、赤尾……年尾，頂著東北季風鏢獵丁挽旗魚。那是隨著魚類汛季、隨著潮流節奏的海上耕耘；那是在取捨間與海洋有著一定默契協調的魚撈，沒有巧取豪奪、沒有一網打盡。海湧伯曾經和我說：「跟我討一年海，你會溶在海底，你會明白海上的花朵，什麼時陣開，什麼時陣香。」

我覺得海湧伯像個海上農夫，他用傳統農具，一鋤一犁經營海上泥土的芬芳。

海洋看似寬廣無窮，可惜好景不常，沿岸傳統討海作業已漸漸陷入絕境。岸上的商場爭鬥和資本密集投資已一腳踹入原本平和的海洋生態圈裡，漁撈設備的懸殊和外來大型漁船毫無節制的捕撈，再加上日益嚴重的海洋環境污染，種種因素，使傳統漁業面臨枯竭和漁產資源極不公平的高壓競爭。

花蓮港內絕大多數都是像海湧伯這樣十噸左右的小船，船隻年齡和船上討海人年歲相仿，都曾經在海上掙扎奮鬥過二、三十年。大部分船隻單人作業，他們已習慣孤獨，習慣獨自承受海上風浪的起伏不平，即使面對如今的困境，他們依舊靜默的出港入港獨來獨往。

原本就狹窄的作業漁場，自一九八〇年後隨定置漁場的興起而更形窄迫。定置漁場俗稱「煙仔占」，早在一九二七年日據時代，日本政府即在當時的花蓮港廳海域大量設置定置漁網，鼎盛時期，花蓮定置漁場場數曾高達六十二場。那時的定置漁場以撈捕鰹魚（煙仔魚）為主，魚獲大都加鹽醃製成鹹魚運往日本本島，及至二次太平洋戰爭，鰹魚製成的鹹魚成為日本軍隊戰場上的主要食物之一。當時的定置漁場網具較為簡陋，設場面積不大，與今日的定置漁場相比，差異甚大。

自漁業法訂定定置漁業權後，花蓮沿岸海域即大量被申請劃定為定置漁場。現今花蓮沿岸海域有三十二座定置漁場經營撈捕。每座定置漁場的申請及設置，由於皆是千萬元左右的投資，業者都謹慎反覆地勘驗過潮流及海床地形，可以這樣說，每座定置漁場的畚箕形開口都迎向黑潮潮水湧入沿岸海域的入口。每座定置漁網都佔據了沿岸漁場最好的魚撈位置。

洄游魚群隨著潮水湧入定置漁場網口後，只得循著網具盤繞前行，無法回頭，定置漁網像一座潮流的死亡陷阱，張著大口迎接潮流魚群的進入，漁群越陷越深直達網袋底。網袋是一座森森牢獄，網目不超過三公分。從五、六公分到數公尺長的大小魚類，只要步入網口就成群結隊的注定成為漁場魚獲，無一倖免。

定置漁場船舶每天晨昏出海收魚兩趟，那是以逸待勞不像傳統漁船需與海上風浪搏鬥的漁撈事業。一個定置漁場一年魚撈總入約千萬元左右，一年的收益足以平衡漁場的設備投資。海湧伯常愛說：「煙仔占抓剩下的，才輪到我們。」事實正是如此殘酷，三十二座定置漁場如天羅地網般攔截掉大部分進入沿岸海域的洄游魚群，十尾魚仔，煙仔占囊括九尾，佔漁撈業九成以上的傳統漁民只得爭搏那僅餘的一尾。

花蓮縣北界大濁水溪溪口往南直到花蓮港港口，這段海域已被申請規劃為定置漁場專業區。定置漁場大抵靠岸設置，在先天漁撈環境原本就不夠寬敞的海域，定置漁場盤據住了極大的漁場面積。花蓮南界石梯港附近也有幾場定置漁網設置，全長一百二十四公里的海岸線僅剩下五十公里海域留給沿海作業船隻營生。

在這顯見促狹的漁撈空間，傳統漁船又必須面對五十噸級左右大型拖圍網漁船的撈捕競爭。

儘管漁業法則規定，拖圍網漁船必須離岸三海浬外作業，但由於花蓮海域三海浬外即是絕壁深谷，魚群密度遠不及近岸大陸棚區，又因為海上如化外之地，政府漁管單位並無執行監管取締之能力。拖圍網漁船以其相對於老舊小船絕對優勢的動力及裝備，得以在沿岸漁場明目張膽、肆無忌憚且毫無節制的大量捕撈。這些拖圍網漁船大都是外港漁船，也許，他們在心態上已存在著「過客心態」，他們不必為海洋資源保育或永續經營的漁撈理念擔負任何責任。他們通常又猛又狠、大小通吃趕盡殺絕的撈牠幾網後，揚長而去，把被荼毒肆虐後的枯竭海洋遺棄給花蓮沿岸漁民。

單拖網漁船，我們叫它「牽發仔」。它運用巨大的船集動力和兩塊擋浪鐵板讓漁網撐張沉下海床，網口有一道粗壯的鐵鍊在作業時緊繃若一道利刃伏貼著海床掃蕩。海湧伯形容那道鐵鍊說：「真夭壽！干吶在海底犁田。」無論珊瑚、海草及各類底棲動植物，在這道無堅不摧的鐵鍊拖拉掘犁過後，海床被夷為平地，細如蚊帳孔目大小的巨網撐張著隨後網來。我們不難想像，被搜刮過後盡成荒漠的凋零海床，是如何的悽慘荒涼。

花蓮海域先天環境並不合適牽發仔作業，事實上花蓮漁港也沒有牽發仔漁船設籍，但總有兩三艘外港拖網漁船常駐在花蓮港內。每當年尾砂蝦盛產期到來，牽發仔船群像從水底冒出來似的，蜂擁集結在花蓮漁場海域。它們捕撈的橫霸態度，在港區停泊補給時也顯露無遺，它們成串結隊佔據住卸魚碼頭、加油碼頭，更誇耀似的將魚獲橫擺在碼頭上招攬叫賣，完全不顧本港漁民的出入作業。海湧伯常罵著說：「幹！無政府啊，整個港都是它們的。」

討海生涯好像拳頭比大小，抓無魚就彷彿喪失了發言權。我發覺花蓮港討海人似乎都很能忍受、都很認命，所有的怨懣只要回到港區，全都平息若風平浪靜的內港海面。這些影響海洋生態、影響漁民生計極大的拖圍網漁船，在其他漁港都曾經被當地漁民驅趕、抗議，唯有在花蓮港，這裡恍若它們的天堂。

另一種大型圍網漁船，我們叫它「三腳虎」，他們使用的網具叫「焚寄網」，那是一種用強大燈光誘集魚群的圍網火漁業。三腳虎通常用母子船作業，母船上設有十數盞二千燭光的燈具，子船上只裝置了一盞。當母船的探魚設備探得魚群時，母船上的強盛誘魚燈垂下海面，魚群的趨光習性使魚群在船底蜂擁團聚，待魚群數量穩定後，母船釋出小艇並漸次熄掉海裡燈光，最後剩下小艇點著燈火罩住魚群，母船驅動，圈繞著小艇撒網，小艇緩緩移動帶領大隊魚群深入圍網中心，待圍網築成，小艇熄掉燈火飛快衝出網口，圍網縮緊。

魚群被刺眼的強大燈光吸引，牠們的眼球長時間曝照著強烈燈光，直到燈光倏地抽離，牠們將瞬間陷入如地獄般的黑暗裡。牠們盲目驚惶，四處竄逃，漁網若一道蠕動的鐵幕，快速的壓縮牠們的逃亡空間。

海湧伯說：「三腳虎捕到的都是瞎眼魚。」

數萬燭光的強烈燈光，足以讓魚隻喪失眼睛功能。何況是其他纖弱的浮游生物和魚苗、小魚等，牠們被強烈燈光折騰過後，我們很難預測，牠們可以再正常的存活在海洋生物圈裡的可能。

定置漁場、拖圍網漁船除了造成嚴重的海洋資源保育問題外，還造成漁業資源的壟斷，使漁業生態出現嚴重失衡。海湧伯說：「舉例來說，以前我用延繩釣抓紅目鰱，一趟出去抓個五、六十公斤沒有問題，一公斤魚可以賣得四、五十塊錢，我一趟出海還有兩三千塊錢的收入。這些煙仔占、牽發仔和三腳虎，往往一網就是幾十噸魚，幾十噸紅目鰱打進魚市，魚價摔到五塊錢一公斤還要拜託人買，我就是拚老命一天頂多抓牠百餘公斤，免講生活，就是油錢嘛不夠。」海湧伯又說：「卡悽慘的是，魚仔無價無人要，少的不講，今年他們從網底倒掉浮在海面的紅目鰱，至少超過十噸以上。」

這十幾噸被拋棄的紅目鰱，原本是海湧伯他們生活的本錢；這十幾噸死魚，原本夠沿海大小漁船過個「好年冬」，如今，潮水帶著活魚進來帶著魚屍離去，帶走了沿海漁民生活的笑容。

用「暴殄天物」來形容這樣的「毀類」，一點都不超過。

花蓮港漁民間流傳著一句話：「花蓮若要討海，只剩下『拖仔』這條路。」

仔魚，是各類魚種幼苗的統稱，包括洄游魚類和底棲魚類魚苗。魚隻在近岸海域排卵繁殖後，魚苗以數十萬尾集結成一團，在沿岸海域覓食成長，待魚苗成長至數公分大小後，才分別潛伏海床或跟上潮流洄游。

仔魚是各類魚種存活數量的基礎，也是近岸海域海洋食物鏈的基礎。因為大量仔魚的存在，吸引小型洄游魚群靠岸索食停留，小魚群的停留，又是中、大型洄游魚類進駐沿岸海域的主要誘因。仔魚，可說是沿海海洋生態結構主要的基礎魚群。

不幸的是，當一般漁事捕撈無法擔養普遍的漁業人口時，漁撈的觸角伸向仔魚這一環海洋資產的最後堡壘。漁業法規定，每年十一月至隔年四月為仔魚捕撈期，其他時候則禁止捕捉為保育期。法令若無法執行等於無法。從花蓮港往南到豐濱溪溪口，我們在東海岸公路上任何位置，任何時間季節，都可看到海面上成雙成對拖著細網捕撈仔魚的漁船。

捕撈仔魚需兩艘漁船並行，拖住口袋狀的賁張細網。一組漁船一天作業撈個四、五百公斤魚獲頗為正常。如果以數量計算，一公斤仔魚至少有數千條各類魚苗，花蓮港有一、二十組牽仔漁船作業，他們全年無休南來北往地毯式疲勞掃蕩，海洋裡減少的魚源數量如天文數字般難以計數。

有哪一種海，有哪一種生命資源，堪得住這樣的折磨？

花蓮縣政府近年來在這段海域填下大量的人工漁礁及保護礁，為的是沿岸魚源保育。這項措施引發捕仔魚漁民的抗議，他們認為政府此舉剝奪了他們的生活權。

花蓮漁民從被剝奪者身分逐步走向剝奪者的角色。漁民為了生存不得不放棄傳統合理的漁撈作業而與海洋形成一種日益不正常的「剝奪」關係；傳統沿海漁民已被迫走向自斷後路滅絕式的捕撈。

花蓮漁業的凋零並不難理解，是人禍而不是天災，如海湧伯說過的：

「連在吸奶嘴的都不放過，那有大人魚仔好抓。」漁業資源的有限性及海洋生物圈的循環復育需要，使得任何漁撈有著絕對的限制。許多海洋國家對沿海漁業資源的保育政策相當嚴格明確，不但對各類魚種有捕撈季節限制，有魚體尺寸大小捕撈限制，有捕撈區域限制，有捕撈漁具限制，有漁網種類和漁網孔目大小限制……我們的漁業法則裡，限定遠洋漁船不得攜帶流刺網出港，不得攜帶網目小於十八公分以下的網具出港，這證明了國際上對海洋資源保護的共識。但是，不只流刺網，甚至比流刺網危害海洋生態更大的各類漁撈細網，都被默許在台灣沿岸海域使用。

海湧伯時常抱怨的一句話：「干吶無政府咧。」台灣是個海島國家，海洋和島民有著不可分割的親密關係，對於沿海漁業資源的保護，我們政府仍處於落後未開化國家，對於沿海漁業的凋零現況，絕不是「老舊漁船收購」及「輔導漁民轉業」這樣的政策能夠輕鬆帶過。

海洋，也許是我們腳步的終點，卻也是我們無窮視野的起點；海洋，不只是海湧伯，也是所有島民延伸展望的管道和場所。

沿海漁業的凋零是淨土衰敗的徵兆。

我們希望環繞包圍島嶼的是一片生機盎然的海洋，而不是凋零枯竭的死海。

【附錄二】

願做大海的新郎──漁夫作家廖鴻基

The Fisherman Writer--Liao Hung-chi

光華雜誌　蔡文婷

漁船槳葉打出翻滾的白色泡沫，色彩豔麗一如花彩鸚鵡的鬼頭刀張開大嘴，朝假餌狠狠地咬下去。剎那間，船上的漁夫強烈地感受鬼頭刀被鈎中後強勁拉扯的抖動……

每當夜深，海上生活的一幕幕隨著一朵朵即開即謝的雪白浪花，自廖鴻基的胸臆中翻滾而出，傾洩在縱橫的稿紙上，如魚兒般悠游成一篇文字。

花蓮漁民廖鴻基，最近剛出版了他的新書《討海人》，深戀海洋的他說：「我想，魚群是海洋放出來的釣餌；她放出長線，一步步鉤釣我走向海洋……。」

中秋節已過，東北季風南下，正是獵捕旗魚的時候。花蓮港內，一群討海人或坐或站，在泊港的漁船上聊著今天的潮流、漁獲。那與大海相融為一體的海湧伯，臉上總有一股氣定神閒的自信與自在；喜歡一人出海又善於潛水的阿山，一頭長髮給海風吹得像頭獅子；上岸工作不適應，終究又下來討海的阿溪……。在漁船馬達噗噗聲中，一張張被風颳得黑裡透紅的臉龐，扯著喉嚨粗獷率直地相互消遣。剎那間，廖鴻基《討海人》一書中的面容，以及廖鴻基討海人的生活在眼前展開。

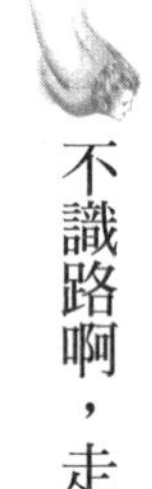

不識路啊，走討海這途

「全花蓮港吃這麼多歲才下海，哪伊是頭一個。咱是接下祖公船才會做漁民，像我兒子連我的船是哪一隻都不知道。伊卻是『屁股癢』，自己興趣來。」阿溪想不透在傳統漁業式微的今天，廖鴻基為何年過三十還下海來當討海人。讓人想不透的不只是廖鴻基的半路出家，還包括廖鴻基的個性、經歷，甚至住家環境都讓人覺得他「不像」一個討海人。

「他的家中沒有漁具堆陳，乾乾淨淨的客廳裡沒有沙發，就擺著一架鋼琴，牆上還掛著他自己製作的魚皮掛飾，跟一般漁民非常不同。」四處到漁港訪談漁民的研究室助理楊世主，說起她第一次到廖鴻基家裡的印象。

「鴻基啊！人有夠斯文，看起來憨憨，其實伊是一個人材；這種人才恐怖呢！」阿山以嘻笑的話語來讚美他。這除了因為廖鴻基能寫作，更因為廖鴻基下海捕魚之前曾在政治圈中運籌帷幄，擔任民進黨花蓮縣黨部執行委員的角色。

四十歲的廖鴻基，年輕時第一份工作是水泥公司總務科庶務股的採購，雖然那是人們眼中一份「肥缺」，但在複雜的人事紛爭與環保的衝突下，他羨慕地看著窗外自由遨翔的海鳥，於是隨著海鳥飛離家鄉，到印尼去養蝦。在印尼的日子，最快樂的是每天可以花上一兩個小時，細細看著海洋的萬千變化。回國後，他積極投入社會運動，開始為民進黨花蓮縣議員盧博基助選。

生性沉默的廖鴻基負起幕後「軍師爺」的任務，舉凡競選文宣，當選後縣政總質詢文稿，乃至協調不同派系關係，廖鴻基的表現精準銳利。然而當在野黨邁入穩定階段之後，往昔那種為著相同的理想而奮鬥，那種熱血與共的兄弟情誼不再，拿捏不定的人際關係，對人、對事日夜累積的挫敗，讓他覺得原本柔軟的心已經僵硬得不再有所感動，他再一次地「想逃」。

海洋的召喚

經常他就一個人，帶著一瓶礦泉水、一件雨衣，沿著花蓮海岸線一直走去，餓了就喝水，累了就躺在防波堤上睡覺。這樣走了幾天，走了幾回，他發現有人開始對他說話，原來是自己在自言自語。在與海的相對中，廖鴻基的心情得到喘息。

「有一次我們一同去鹽寮海邊散步，我看到廖鴻基一直往海裡走去，相信他還不至於要尋短見，然而竟然就是衣褲都沒脫，就直接走進海裡去了。」縣議員盧博基回想舊事，覺得沒見過那麼愛海的。

有時，他到海邊浮潛，仰著身體緩緩沉到海床上，在大海溫柔的撫弄中，忘了時間，忘了陸地上一切煩憂，甚至忘了呼吸，忘了自己是一個人。海洋柔軟了他僵硬的心情，也打開他記憶中的海。

花蓮出生的廖鴻基記得，小時候經常跟著奶奶到海邊撿石頭賣錢，走著走著，曙光乍現時，看見飛魚跳出海面，宛如童話般留在腦海中。經常他也跟著鄰居孩子們，游過港口，那是他們稱為「橫渡太平洋」的冒險行動。

就讀花蓮高中時，學校與大海為鄰，長長走廊的盡頭，框著的就是一頃碧波蕩漾的大海。接近聯考時，經常他就在學校通宵苦讀，天亮了，破曉出海的漁船滑過眼界；黎明的光影剪出漁夫的身影，隨著船行漸遠而漸小，終至消失在海天的交接處。他開始萌發了「要當討海人」的志願，想要擺脫聯考，擺脫岸上的樊籠枷鎖。日後他果真成了一個討海人，第一趟出航，他選擇的位置就是站在船頭，沐浴一身金光，圓了他十八歲時的心願。

母親的考驗

看海之外，廖鴻基更進一步，客串性的駕著竹筏出海垂釣、捕魚，越走進海的懷抱，他越感到脫綁，感到海像母親一樣在呼喚著他。於是五年前，他辭去政黨工作，決定下海當一個真正的討海人。

對於廖鴻基的決定，身旁的親友，不是勸退就是保持觀望。

反對最力的是擔心他安危的父母。「每一次變天，伊老母就坐立難安，直到看到人回來了，一顆心才落下來。」廖鴻基的父親曾多次希望兒子放棄當一名討海人。「若真的那麼愛海，那就當船東，或經營海釣事業就好了，岸上頭路那麼多，為何偏偏選上這一途？」在今年廖鴻基的新書發表會上，廖鴻基的父親出現會場，還以一名讀者的身分舉手發問：「請問廖鴻基先生，你在出海時，有沒有想過父母？」

不只父母勸退，連漁民朋友們也不鼓勵廖鴻基下海。「海上作業生死一線間，一個人出港，被魚網攪到，還是船一偏，就去做海浪的新郎了。」「現在除了遠洋漁業，有家庭的人要靠討海為生，只能度小月罷了。」「這麼好的人材來討海？可惜哦！」即使是答應讓廖鴻基上船當「船腳」的老船長江華宗（廖鴻基書中的主角海湧伯的靈感來源），也一臉嚴肅的說：「不識路啊？走討海這途。」然後抱著「大門開開不要勉強」的態度，等著看他逃回岸上去。

「討海第一關是暈船，第二關是時差。」漁夫阿山伸出指頭，宣佈似地指明討海的辛苦。並就親身體驗傳神地描述海上的風浪有多險惡，當風浪將漁船高高舉起後，你從一數到二十，船仔才會落到浪底；然而浪下來了，心卻還高高的掛在半空中呢！而所謂的時差是，延繩釣要在子夜一點鐘左右起床，在過完年正冷的紅目鰱魚季，海風打在臉上宛如冰霜一般。

「整整有半年時間，我無數次趴在船舷嘔吐把膽汁都吐了出來；無數次起網拉繩，我耗盡了所有氣力虛脫得癱軟顫抖；好幾次半夜醒來手掌蜷縮如握緊一顆雞蛋如何也伸不開來；好幾次我看著驚濤駭浪如滾滾洪流衝擊著船隻而驚惶害怕；多少次我猶豫著海湧伯說過的話——討海人要有討海人的命。」廖鴻基在書中記下大海給他身體的折磨。

海底事，識不完

好不容易在船上站穩了腳步，海上作業、技巧，甚至語言，都要重新學起。像是如何繫纜繩，使得繩結不會因為潮水的拉扯而打死無法解開；在大魚當前，如何以最精簡的口令互相配合，而不致於錯失鏢魚的一剎那，岸上的學問在此一點也派不上用場。至於如何聽流水（感覺潮流），把網子放到正確的位置、深度，剛剛好到魚兒的家門口，更是一大門學問。海湧伯每每要對廖鴻基說：「海底事，識不完。」

晚上漁民們經常相聚小酌幾杯，這時海湧伯就會搬出廖鴻基一件件的糗事。「頭一次出港，船才一動，鴻基仔就落到海中去了。」那時廖鴻基正把船推離港邊，船推開了，人卻來不及跳上船，就這樣生硬的掉到漁港中。還有一次抓了有毒的河豚後，又用手去揉眼睛，下了船後「整個臉腫得像個紅氣球。」海湧伯笑著說。

消遣之餘，「以為他做個三兩回就上岸了，沒想到他真的往海裡走。」「日頭在曬雨在淋，別人在皺眉，伊是斗笠沒戴還直直在笑，看來是真正對討海有興趣啦！」大夥舉杯邀酒，笑談之間，廖鴻基已經被老漁夫們視為自己人了。

海之浩浩、人之渺渺

「每當我想到，除了漁人，很少人能夠在海上探望自己的家鄉，心情就莫名的興奮起來。」廖鴻基表示。在海上，他看到巍峨的中央山脈，無邊的天空和廣袤的大海，在海天的夾層中間，生活了四十年的陸地，不過是一線扁平的亮白。不同的視野，撐開了他原本僵硬的心，人世間的紛紛擾擾也在海天的壓縮中漸漸消失。

在漁船上，在那小小一方搖擺不定的空間中，僅有的是他與海湧伯單純的同舟情誼，剩下的是人與大自然、人與海洋那無需言語、思考，單純而直接的關係。經過海的洗禮，廖鴻基說：「在艱苦與喜悅中，彷彿獲得重生，我清楚的感受到，藍色的潮水正點點滴滴替換著我體內猩紅的血液。」

海浪就像水查某

「有一次海湧伯突然轉頭問我：『少年家為什麼出來討海？』我溶在水裡的心一時拉不回來，不知如何回答。海湧伯又問：『為著魚，還是為著海？』為著魚是生活，為著海是心情。」書中的對話，也是廖鴻基心中的疑惑。

對廖鴻基而言，當一名討海人主要是為了海、為了心情；為了一種近似愛情的心情。海像美麗的女子，有時以其繽紛多樣的魚群誘惑漁人，又以翻臉無情的風浪疏離著漁人。廖鴻基卻是痴心追隨，沉浸在她無常的喜怒哀樂之中，細膩的寫下她的一顰一笑。

心情好的時候，大海揮袖舞出一隻魟魚，如一只風箏飄過；飛魚們成群躍出，在空中劃出一個個美麗的驚嘆號。日出的光影灑在海上，隨著瀲灩的金色波光一路鋪設到漁人的船弦邊；月光之下，無邊無際的水中螢光微生物簇擁著魚船不肯離去，如萬千螢火蟲在漫飛。心情壞的時候，掀起滔天巨浪，陰沉莫測，隨時吞噬漁人。

同樣愛海、有十七年捕魚經驗的船長黑龍覺得，人都會發脾氣，何況是海。「伊哪不高興時，咱就別去吵她。如果硬要出海而被海收了回去，那也是自己太皮了，人是不可與海相爭的，」一粗獷的面容，說起海來，宛如在述說著情人的性情一般，既包容又尊重。

在文字中泅泳

「我看全台灣伊討海最認真，每趟出海還要做筆記。」海湧伯笑著說。飽覽一天的海上萬千表情，和魚群作生命的搏鬥。對中年才下海的廖鴻基而言「海上有太多的驚奇震撼」，逼得他不得不找一種形式將澎湃的思緒表現出來。

當漁船乘著夕陽回航時，他就坐在甲板的角落，記下方才感動他的情境，或是追問著海湧伯一些討海人的生命智慧。晚上，帶著一瓶礦泉水，不論是客廳、佛堂任何角落，一坐定下來，海上的悸動立刻如海浪般一波一波襲向稿紙。經常一寫就是一夜，就是一篇上萬字的短篇小說。有時思緒湧動太快，他就先潦草記下大概，再謄上稿紙。沒有預先大綱，沒有事先的醞釀，「寫作對我來說一點都不苦，」因為廖鴻基從來不是為了寫作而寫，而是海洋的驅動，叫他不能不寫。

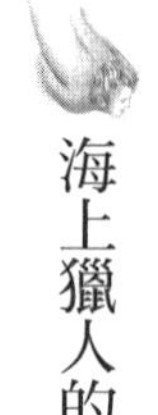

海上獵人的成年禮

在下網、延繩釣各種捕魚方式中，廖鴻基最為著迷的是「鏢旗魚」。每當東北季風一來，旗魚隨著黑潮靠近花蓮海邊，乘著浪頭淺淺地浮上海面，討海人個個成了獵人，駕著漁船，站在船頭鏢台上，眼觀八方地搜尋旗魚的尾鰭。

不藉任何科學儀器，鏢魚者只靠兩個一如拖鞋的套子，將自己固定在鏢台上。在強勁的東北季風中，每個浪頭將近一層樓高，漁船上下震盪，雙腳用力一不平均，或是一腳震出腳套，那少不了要折斷另一條腿。

當獵物的紅影在水面下出現，鏢魚者執起三叉魚鏢，指揮者站在鏢魚者身後，以手勢、鐘聲告訴駕駛全速前進、停止或左右方向。鏢魚者在腦中綜合著船隻的搖晃、旗魚的部位，瞬時出鏢。鏢中後，鏢繩飛奔而出，如一束握不住的流水，要是不小心被纏到，那繩子就如一把利刃，削肉見骨。鏢中之後，漁人和旗魚繼續進行著收放的拉拔，太快太緊收繩，旗魚剽悍勇猛的性格，依然會掙脫深陷筋肉的魚鏢離去。

「這是一場人和魚公平的對決，也是所有捕撈方式中最原始的一種，也是最美、最精彩的一種。」廖鴻基表示。他覺得補殺的過程、魚體的垂死都是一種美。漁人捕魚，正如獵人與獵物，為了生存的捕食應該受到尊重，說那是殘忍，其實毫無意義。

然而在他心中卻又迴盪著海湧伯的問話：「出海，究竟是為了魚，還是為了海？」對他而言，每一隻魚都是海洋派來召喚他的天使啊！這時的他捕起魚來總不似旁人那樣專心，畢竟被捕捉的不應該是魚群，而是他啊！

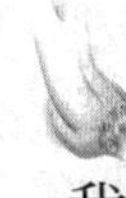

我看見旗魚挾著奶瓶

在傳統漁業之外，陸地的工廠排出毒水，讓河口的魚群脊椎扭曲成「祕雕魚」；看到大型漁船拋下大型拖網，將大小魚群一網打盡，拖網下沉重的鐵鍊在短短幾分鐘內將海床整平，那原本生養海洋的海床卻要花上幾十年，才能治癒她的傷口；當資本雄厚的「焚寄網」海船，在黑夜中燃起多盞一萬五千燭光的強燈來吸引成千上萬的魚兒入網，漏網之魚也因強光而眼球破裂致死。

當漁民朋友們無奈的笑說：「台灣海峽是我們第三條平整的高速公路」，「花蓮近海只剩仔魚海可以討」，當船長在駕駛台上笑著說：「我看見了一隻旗魚魚鰭下挾著一只奶瓶」來形容海中只剩小魚……，曾經他在筆下那樣細膩的感受著每一隻魚的「感覺」，如今廖鴻基就宛如網中的一條魚，既矛盾又痛苦。

「當你通過了海洋的試煉，她就開始回報無數的美景與驚奇，那驚奇是什麼？你永遠無法預測。」對於海洋，廖鴻基有著信仰一般的虔誠。果然，在他越來越深的矛盾中，海洋派出了一群海豚天使，為他銜接上了生命中意外的航程。

意外的航程

海豚是海洋中最喜歡靠近人類的一群，像是頑皮的「飛旋海豚」，牠們經常圍著船隻起興的表演，接二連三的躍出水面，在空中翻滾。牠們孩子般天真的眼睛，引得廖鴻基想要更進一步瞭解牠們。

廖鴻基募到一筆研究經費，這其中包括廖鴻基向出版社預支下一本書的版稅。他並且找來船長潘進龍搭檔，至於研究船，就是他們出海捕魚的「漁津六號」。「尋鯨小組」於是正式成軍，尤其船長黑龍（潘進龍）的豐富海上經驗，能判斷鯨豚出沒的地方，加上廖鴻基敏銳的觀察力，連海豚細微的動作、表情，甚至眼神都觀察入微。

鯨豔記

從今年的六月起，廖鴻基和黑龍雖然天天出海，但卻不再捕魚，而是看魚、拍魚、記錄魚。兩個月三十趟航行中，發現了大約三、四千隻的八種鯨豚。其中還包括日據時代以後就未曾有正式紀錄的虎鯨。

八月十五日下午一點二十分，一束束水霧接續在海上噴出。俗稱殺人鯨的虎鯨，奇蹟般的出現眼前。六隻龐然的虎鯨游近船身，如老友般親近船頭。有的潛下船底，穿行而過；有的在船邊翻轉身軀，露出雪白的肚子；有的高舉尾鰭表演倒立。整整兩個小時，從驚叫、狂嘯、到哭泣，船上的每個人再也不同於昨天了，因為「我們擁有和虎鯨擁抱的經驗，」廖鴻基說。

對於廖鴻基，除去了漁夫和魚的捕獵關係，鯨豚們如此善意天真地接近人類，「那樣不同生命與生命的對應，即使是人跟人，人跟寵物，都無法有那麼美、那麼坦誠的互動。」廖鴻基幾乎無法以言語形容他的悸動。他想了一會兒，才說這就是「幸福」的感覺吧！

「討海以來，我看著漁獲量一年少於一年，心中不禁想，海豚一定也吃不飽。」廖鴻基說。海豚，是海洋資源的一項指標，如果連海豚都不再出現，那也是我們海域死亡的時候，「更是討海人滅絕的一天。」

從捕殺到保育，他那啃噬心靈的矛盾，終於有了一個「黑白分明」的答案。廖鴻基積極開始籌措下一趟的研究計畫。他還忙著在花蓮成立關心鯨豚的社團，希望花蓮能朝觀光賞鯨發展，讓漁民和海中所有生物能夠同時好好生活下去。

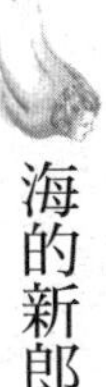

海的新郎

廖鴻基一向都不諱言，希望落葉歸根，最後與大海合為一體。「他對海的愛戀是那樣篤定，超乎常人，那幾乎是一種宿命。」他的作家朋友劉富士表示。

有一次，廖鴻基看到電視上介紹馬里亞納海溝，述說物體一旦落入馬里亞納海溝，到了一定的深度，就會因巨大的壓力粉碎成片片雪花，沉入深深的海底，成為地球的一部分……，那是廖鴻基最後的一個夢想。

今後，或許下海的次數將減少，或許也不再是一名全職的漁夫，然而他已深深陶醉在海洋的懷抱中。曾經，廖鴻基以為他是到海上「逃難」；如今，原來是「回到家了。」

國家圖書館出版品預行編目資料

漂流監獄／廖鴻基著.——二版.——臺中市：
晨星，2012.03
面； 公分，——（自然公園；038）
ISBN 978-986-177-568-5（平裝）

855 100026979

自然公園 38

漂流監獄

作者 廖 鴻 基
主編 徐 惠 雅
校對 廖 鴻 基 、 徐 惠 雅 、 張 惠 凌
美術編輯 林 姿 秀

創辦人 陳銘民
晨星出版有限公司
台中市407工業區30路1號
TEL：04-23595820 FAX：04-23597123
行政院新聞局局版台業字第2500號
法律顧問 陳思成 律師
初版 西元1998年4月30日
二版 西元2012年3月6日
西元2021年4月30日（二刷）

總經銷 知己圖書股份有限公司
台北市106辛亥路一段30號9樓
TEL：02-23672044 ／ 23672047 FAX：02-23635741
台中市407工業區30路1號1樓
TEL：04-23595819 FAX：04-23595493
E-mail：service@morningstar.com.tw
網路書店 http://www.morningstar.com.tw

郵政劃撥 15060393（知己圖書股份有限公司）
讀者專線 02-23672044
印刷 上好印刷股份有限公司

定價250元

ISBN 978-986-177-568-5
Published by Morning Star Publishing Inc.
Printed in Taiwan

◆讀者回函卡◆

以下資料或許太過繁瑣，但卻是我們瞭解您的唯一途徑，

誠摯期待能與您在下一本書中相逢，讓我們一起從閱讀中尋找樂趣吧！

姓名：＿＿＿＿＿＿＿＿＿　性別：□ 男　□ 女生日：/　/

教育程度：＿＿＿＿＿＿＿

職業：□ 學生　□ 教師　□ 內勤職員□ 家庭主婦

□ 企業主管　□ 服務業□ 製造業　□ 醫藥護理

□ 軍警　□ 資訊業□ 銷售業務□ 其他＿＿＿＿＿＿＿

E-mail：＿＿＿＿＿＿＿＿＿＿＿＿＿＿＿　聯絡電話：＿＿＿＿＿＿＿＿＿＿＿＿

聯絡地址：□□□＿＿＿＿＿＿＿＿＿＿＿＿＿＿＿＿＿＿＿＿＿＿＿＿＿＿＿＿＿＿

購買書名：漂流監獄＿＿＿＿＿＿＿＿＿＿＿＿＿＿＿＿＿＿＿＿＿＿＿＿＿＿＿＿

・誘使您購買此書的原因？

□ 於＿＿＿＿＿書店尋找新知時　□ 看＿＿＿＿＿報時瞄到　□ 受海報或文案吸引

□ 翻閱＿＿＿＿＿＿＿雜誌時　□ 親朋好友拍胸脯保證　□ ＿＿＿＿電台DJ熱情推薦

□電子報的新書資訊看起來很有趣　□對晨星自然FB的分享有興趣　□瀏覽晨星網站時看到的

□ 其他編輯萬萬想不到的過程：＿＿＿＿＿＿＿＿＿＿＿＿＿＿＿＿＿＿＿＿＿＿＿

・本書中最吸引您的是哪一篇文章或哪一段話呢?＿＿＿＿＿＿＿＿＿＿＿＿＿＿＿＿＿

・請您為本書評分，若有其他建議，敬請盡量提出。

□ 封面設計＿＿＿＿　□尺寸規格＿＿＿＿　□版面編排＿＿＿＿　□字體大小＿＿＿＿

□內容＿＿＿＿＿＿　□文／譯筆＿＿＿＿　□其他建議＿＿＿＿

・下列出版品中，哪個題材最能引起您的興趣呢?

台灣自然圖鑑：□植物 □哺乳類 □魚類 □鳥類 □蝴蝶 □昆蟲 □爬蟲類 □其他＿＿＿＿

飼養&觀察：□植物 □哺乳類 □魚類 □鳥類 □蝴蝶 □昆蟲 □爬蟲類 □其他＿＿＿＿

台灣地圖：□自然 □昆蟲 □兩棲動物 □地形 □人文 □其他＿＿＿＿＿＿＿＿＿＿

自然公園：□自然文學 □環境關懷 □環境議題 □自然觀點 □人物傳記 □其他＿＿＿＿＿

生態館：□植物生態 □動物生態 □生態攝影 □地形景觀 □其他＿＿＿＿＿＿＿＿＿＿

台灣原住民文學：□史地 □傳記 □宗教祭典 □文化 □傳說 □音樂 □其他＿＿＿＿＿＿

自然生活家：□自然風DIY手作 □登山 □園藝 □觀星 □其他＿＿＿＿＿＿＿＿＿＿＿

・除上述系列外，您還希望編輯們規畫哪些和自然人文題材有關的書籍呢?＿＿＿＿＿＿

・您最常到哪個通路購買書籍呢? □博客來 □誠品書店 □金石堂 □其他

很高興您選擇了晨星出版社，陪伴您一同享受閱讀及學習的樂趣。只要您將此回函郵寄回本社，或傳真至（04）2355-0581，我們將不定期提供最新的出版及優惠訊息給您，謝謝！若行有餘力，也請不吝賜教，好讓我們可以出版更多更好的書！

・其他意見：＿＿＿＿＿＿＿＿＿＿＿＿＿＿＿＿＿＿＿＿＿＿＿＿＿＿＿＿＿＿＿＿＿

晨星出版有限公司 編輯群，感謝您！

請填妥後對折裝訂，貼妥郵票後寄出即可

郵票

請黏貼 8 元郵票

407
台中市工業區30路1號
晨星出版有限公司

請沿虛線摺下裝訂，謝謝！

晨星出版有限公司 編輯群，感謝您！

OCEAN
TAIWAN'S Ocean Literature

台灣海洋文學作家
廖鴻基

OCEAN

TAIWAN'S Ocean Literature

台灣海洋文學作家

廖鴻基